KB191773

단계별 생존능력 테스트

멋진 해외여행을 꿈꾸며 비행기에 오른 그대. 얼마쯤 갔을까. 갑자기 비행기가 굉음과 함께 '에어쇼' 하듯 흔들리고 그대는 공포에 질려 떨다가 그만 기절해 버리고 만다. 눈을 떠 보니 도착한 곳은 무인도.
미지의 세계를 그리다 뜻밖에도 무지의 세계로 떨어진 그대. 과연 슬기롭게 살아남을 수 있겠는가?
단계별 테스트를 통해 그대의 생존 가능성을 점쳐 보자.

각 단계별로 할 줄 아는 일이 2개 이상이면 다음 단계로 넘어가고 그렇지 못하다면 그림 밑에 있는 해골의 속삭임을 들어야 한다.
119 구조대도 없고 산신령도 없고 지나가는 행인도 없는 무인도에서 이제 목숨을 건 서바이벌 게임이 시작된다. 부디 모든 단계를 훌륭하게 통과하여 불굴의 무인도 맨으로 거듭나기를……

1 단계

식수 만들기

▶ 물가에 사는 동물이나 식물을 알고 있다.

▶ 자갈이나 모래를 이용해 물을 간단하게 정수할 수 있다.

▶ 바닷물을 이용해 식수를 만들 수 있다.

▶ 식수가 부족할 때의 행동 요령을 알고 있다.

생존 가능일 3일
"어서 와. 빨리 잔디 덮고 누워야지."

4 단계

거처 만들기

▶ 집 짓기에 좋은 위치가 어디인지 알고 있다.

▶ 집 짓기에 좋은 나무 고르는 법을 알고 있다.

▶ 방수와 통풍을 위해 어떤 재료를 써야 하는지 알고 있다.

▶ 못 없이 나무를 엮어 A자형 오두막을 만드는 방법을 알고 있다.

생존 가능일 30일
"내 집 없는 설움을 이제 알겠지?"

(2) 단계

불 피우기

▶ 나무를 마찰시켜 불을 피울 수 있다.

▶ 부싯돌로 쓸 수 있는 돌의 종류를 알고 있다.

▶ 물과 비닐을 이용해 불을 피울 수 있다.

▶ 불을 이용해 낮과 밤에 구조 신호를
  어떻게 보내야 하는지 알고 있다.

생존 가능일 7일

"돌탱아, 머리를 부싯돌로 썼어야지."

(3) 단계

식량 구하기

▶ 갯벌에서 게와 조개 잡는 법을 알고 있다.

▶ 낚시도구 없이도 물고기를 잡을 수 있다.

▶ 식용 가능한 식물을 구분할 수 있다.

▶ 사냥용 올무와 함정을 만들 수 있다.

생존 가능일 15일

"바보야, 동냥도 못하냐?"

(5) 단계

건강 체크

▶ 기본적인 건강진단법을 알고 있다.

▶ 스트레스가 신체기능에 어떤 악영향을
  끼치는지 알고 있다.

▶ 불안감, 공포에서 벗어나는 법을 알고 있다.

▶ 약초가 되는 식물을 두 가지 이상 알고 있다.

생존 가능일 60일

"아깝다. 여기서 숨쉬기 운동을 멈추다니."

(6) 단계

뗏목 만들기

▶ 뗏목용 목재를 운반하는 방법을 알고 있다.

▶ 뗏목을 튼튼하게 엮는 방법을 알고 있다.

▶ 물살의 저항을 줄이려면 뗏목이 어떤 모양이
  되어야 하는지 알고 있다.

▶ 뗏목을 띄우기에 적당한 날씨를 알고 있다.

탈출 성공

"잘 가, 다음에 또 놀러 와."

로빈슨 크루소 따라잡기

초판   1쇄 펴냄 1999년 7월 10일
       51쇄 펴냄 2010년 3월 5일
개정판 7쇄 펴냄 2019년 10월 17일

지은이 박경수 박상준
일러스트 이우일
감수 과학동아 편집부
펴낸이 고영은 박미숙

펴낸곳 뜨인돌출판(주) | 출판등록 1994.10.11.(제406-251002011000185호)
주소 10881 경기도 파주시 회동길 337-9
홈페이지 www.ddstone.com | 블로그 blog.naver.com/ddstone1994
페이스북 www.facebook.com/ddstone1994 | 노빈손 www.nobinson.com
대표전화 02-337-5252 | 팩스 031-947-5868

'노빈손'은 뜨인돌출판(주)의 등록상표입니다.

ISBN 978-89-5807-186-0 03810

이 도서의 국립중앙도서관 출판예정도서목록(CIP)은 서지정보유통지원시스템 홈페이지
(http://seoji.nl.go.kr)와 국가자료종합목록 구축시스템(http://kolis-net.nl.go.kr)에서
이용하실 수 있습니다. (CIP제어번호 : CIP2010002561)

┌───┐
어린이제품안전특별법에 의한 제품표시
제조자명 뜨인돌 **제조국명** 대한민국 **사용연령** 만 8세 이상
└───┘

로빈슨크루소 따라잡기

SOS

글 박경수 박상준
일러스트 이우일
감수 과학동아 편집부

뜨인돌

머리말

　오랫동안 독자들의 사랑을 받아 온 『로빈슨 크루소 따라잡기』가 새로운 모습으로 여러분들을 만나게 되었습니다.

　10년 전 무인도에서 시작된 노빈손의 신나는 모험은 지구 곳곳을 거쳐 이제 아득한 우주공간으로 이어지고 있습니다. 하지만 무대가 아무리 넓어져도 노빈손의 고향은 언제나 무인도입니다. 그곳에서의 경험이 없었다면 지금의 그는 결코 존재할 수 없었을 테니까요.

　그런데 왜 무인도에서 시작했을까? 거기엔 아주 분명한 이유가 있습니다. 상상 속의 무인도는 누구에게나 멋진 공간입니다. 하지만 막상 그곳에 혼자 떨어진다면? 물 한 방울도 제 발로 찾아야 하고 불씨 하나도 제 손으로 피워야 하는 절박한 상황이라면? 그래도 무인도는 여전히 낭만과 스릴의 섬이 될 수 있을까요?

　자연에 맨몸으로 맞서려면 힘이 세야 합니다. 있는 것들을 이용해서 없던 것들을 만들어 내는 힘. 흙에서 물을 길어 올리고 빛에서 불을 끄집어내는 힘. 그리하여 자연 속에서 인간의 생존능력을 키워 나가는 힘. 인류를 현대의 문명으로 인도한 위대한 수레바퀴, 과학!

　노빈손은 천재가 아닙니다. 그가 아는 건 남들도 알고 남들이 모르는 건 그 역시 모릅니다. 대신 그에겐 누구보다도 강렬한

빈손이를 찾습니다!

호기심이 있습니다. 자연의 모든 현상들에 대해 품은 '왜?' 라는 의문. 평범한 지식과 비범한 호기심이 결합하는 순간, 무인도는 커다란 실험실로 바뀝니다. 그의 행동 하나하나가 모두 실험이 되고 과학이 됩니다.

잠깐만 주위를 둘러보면 알 수 있습니다. 매일 뜨고 지는 태양이, 낯익은 강과 바다가 우리에게 얼마나 많은 걸 가르쳐 주고 있는지. 인간은 자연을 어떻게 바꿨고 자연은 인간을 어떻게 바꿨는지. 노빈손이 걸은 길은 인류가 수만 년간 걸어온 문명의 길이기도 합니다. 바로 그게 무인도를 첫 번째 무대로 삼았던 이유입니다.

노빈손이 세상에 처음 나왔을 때 그를 만났던 독자들은 이제 다들 어른이 되었습니다. 하지만 우리의 주인공은 그때나 지금이나 여전히 스무 살입니다. 다시 10년이 지나도 노빈손은, 엉뚱하고 유쾌했던 첫 모습 그대로 독자들 곁에 남을 것입니다.

지금까지 노빈손을 사랑해 주신 모든 독자들께 감사 드리고, 앞으로 노빈손을 사랑해 주실 독자들께도 미리 감사 드립니다.

이제 여러분도 노빈손과 함께 떠나 보십시오. 무인도 맨의 영원한 대부, 로빈슨 크루소를 따라잡으러!

2010년 여름
박경수

차 례

4부

5부

 **일 러 두 기**

이 책은 크게 세 부분으로 구성되어 있다. 재미있는 본문, 더 재미있는 그림, 그리고 본문
에 나오는 단어나 현상들을 작은 글씨로 설명한 '팁(보너스)'. 이런 구성에 익숙하지 않
은 독자들을 위해 이 책을 3배로 재미있게 읽는 방법을 일러둔다.

> 1 일단 본문을 물 흐르듯 읽으며 노빈손의 활약을 감상한다. 재미있다.
> 2 각 장의 본문을 읽고 나면 다시 처음으로 돌아가 팁을 꼼꼼히 읽으며 재미있는
>   과학상식을 머리에 입력한다. 두 배로 재미있어진다.
> 3 장면마다 '내가 주인공이라면 어떻게 할까'를 미리 생각해 본 다음 노빈손과 비
>   교한다. 세 배로 재미있어진다.

여기 나오는 무인도의 동식물 분포는 실제와는 약간 다르다. 노빈손이 발견하는 조개나
버섯, 식물들 중 일부는 우리나라에서 서식하는 종들이다. 독자들의 편의를 위해 일부러
낯익은 생물들을 등장시켰음을 밝힌다.

1부

낯선 섬에서의 아침

얼굴을 적시는 바닷물의 차가운 감촉을 느끼며, 노빈손은 눈을 떴다. 온몸이 소금에 절인 배추처럼 축 늘어져 도무지 손끝 하나 까딱할 수 없다. 당연하지! 바닷물은 원래 찝찔한 소금물이니까. 칠흑 같은 밤, 무시무시한 굉음, 추락, 그리고 비명……. 흐릿한 의식 속으로 그 아찔한 순간들이 다시 떠오르기 시작한다.

목이 마르다. 입을 아무리 오물거려 봐도 침 한 방울 나오지 않는다. 입안은 모래를 잔뜩 머금고 있는 것처럼 깔깔하다. 온몸의 수분이 깡그리 말라 버린 듯한 지독한 갈증. 따가운 햇볕이 몸 구석구석을 바늘처럼 찔러 댄다. 노빈손은 그제야 자기가 파도에 휩쓸려 낯선 섬의 해안으로 떠내려 왔음을 깨달았다.

"설마 그 많은 승객들 중에서 나 혼자만 살아남은 건 아니겠지?"

노빈손은 누운 채로 고개를 돌려 주위를 살폈다. 그러나 넓은 바닷가엔 파도만 들락날락할 뿐 인기척이라고는 전혀 느껴지지 않았다. 약간 떨어진 곳의 모래밭에는 네모난 깡통 하나가 밀려와서 햇빛에 반짝거리고 있었다. 내용물이 다 빠져나간 빈 깡통. 그건 거대한 비행기가 바다에 남긴 유일한 흔적이

낙타는 어떻게 사막에서도 물 없이 견딜까?

혹 속에 가득 찬 지방 덕분이다. 지방을 분해해서 에너지를 보충하고, 그 과정에서 나오는 산소(O)와 수소(H)의 결합으로 수분(H_2O)을 만들어 흡수하는 것. 낙타는 또한 기온에 따라 체온이 35℃에서 40℃까지 변하기 때문에 땀으로 배출되는 수분을 최대한 줄일 수 있다.

기도 했다.

"물을…… 물을 찾아야 돼."

휘청―. 노빈손은 이를 악물고 천천히 모래사장에서 일어섰다. 여기가 어딘지, 어떻게 탈출해야 하는지는 중요하지 않았다. 지금 그에게 가장 필요한 것은 물이기 때문이다. 바닷물을 많이 마신 데다가 땀까지 잔뜩 흘린 탓에 이미 눈의 초점조차 잡기 힘든 상태였다. 더 이상 탈수증세가 심해지기 전에 어떻게든 마실 물을 찾아야 했다.

허리에 차고 있는 작은 가방을 열어 재산 목록을 확인했다. 카메라, 맥가이버칼, 5천 원짜리 비닐우비, 멀미할 때 쓰라고 엄마가 강제로 넣어 주신 비닐봉지 서너 개. 그리고 선글라스, 시계, 옷가지, 속옷, 벨트, 신발, 지갑과 약간의 돈……. 배낭을 잃어버린 게 아쉽긴 하지만 이 정도라도 지니고 있다는 게 천만다행이었다.

얼굴 위로 뭔가 따뜻한 것이 흘러내렸다. 땀인지 눈물인지 모를 찝찔한 액체를 혀로 핥으며, 노빈손은 비틀거리는 걸음으로 바닷가를 떠났다. 죽음 같은 갈증을 해결해 줄 한 모금의 생명수를 찾아서.

땀은 왜 나오나?
땀은 더위나 심한 운동으로 인해 올라간 체온을 식혀 주는 인체의 방어 수단이다. 대뇌온도가 36.9℃에 도달하면 전신에 퍼진 2백만~3백만 개의 땀샘에서 땀이 흘러나온다. 땀이 증발할 때 생기는 기화열로 몸의 체온을 떨어뜨리는 것. 기계에 비유하자면 땀은 파열을 방지하는 냉각수인 셈이다.

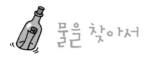 물을 찾아서

노빈손은 물을 찾기 위해 나름의 상식을

개는 더우면 왜 허를 내밀까?

땀샘은 아포크린선과 에크린선으로 나뉜다. 사람이 땀을 많이 흘리는 이유는 고등급 땀샘인 에크린선이 온몸에 퍼져 있기 때문이다. 말이나 당나귀는 에크린선이 발달하여 전신에서 땀이 흐르지만 개는 에크린선이 발에만 있으므로 땀을 잘 흘리지 못한다. 더울 때 개가 허를 내밀고 헐떡이는 것은 땀 대신 호흡으로 열을 발산하기 때문.

총동원했다. 물은 항상 낮은 곳으로 흐르고 단단한 곳에 고인다, 산에서 물을 찾으려면 계곡으로 가야 한다 등등. 하지만 기껏 찾아 낸 계곡은 바짝 말라 있었고, 보이는 건 온통 모래밭과 자갈밭뿐이었다. 아무래도 길을 잘못 든 모양이었다. 그는 몽롱한 상태에서도 허탈한 듯이 중얼거렸다.

"이게 어드벤처 게임이라면 저장 않고 끝냈다가 다시 로딩하면 되는데……."

나무 위로 기어오르는 개미들이 보였다. 인기척에 놀란 새 떼
가 푸드득거리며 숲 위로 날아올랐다. 파리 떼와 하루살이 떼가
성가시게 얼굴 주위를 맴돌고 있었다. 땀을 비 오듯 흘린 탓에 갈
증이 점점 더 심해지고, 탈수 증세로 인해 차츰 정신까지 흐릿해
지기 시작했다.

결국 물 찾기를 포기하고 땅바닥에 주저앉아 버린 노빈손. 그의
눈꺼풀이 차츰 무거워지고 있었다.

누굴까, 원시인처럼 동물 가죽을 걸친 저 사람은? 어쭈, 손에는 창까지 들었네? 난 분명히 무인도에 있었는데? 이게 대체 꿈이야 생시야?

"그걸 몰라서 물어? 당연히 꿈이지."

"아저씨는 누구세요?"

"나? 나야 원조 무인도 맨이지."

"앗! 그럼 로빈슨 크루소?"

"빈손, 넌 대체 누굴 닮아서 그렇게 떨떨하냐?"

"왜요?"

"왜요라니! 말라붙은 계곡은 조금만 파면 물이 나온다구. 모래나 자갈지대는 빗물 흡수성이 좋기 때문에 겉보기와는 달리 지하수를 찾기가 쉽고, 수풀이 드문드문 있는 곳도 파 보면 물이 나오지. 그뿐인가? 개미들이 나무를 기어오를 땐 물이 고인 곳으로 향하는 경우가 많고, 곤충이나 새 떼가 보이면 근처에 반드시 물이 있는 법이야. 자고로 인간뿐 아니라 동물도 빵만으로는 살 수 없는 법이니까."

"……."

"이제 알겠지? 주위에 물이 얼마든지 있었다는걸. 넌 조난자로선 완전히 빵점이야."

"세상에 처음부터 잘하는 조난자가 어디 있어요?"

로빈슨 크루소는 누구?
로빈슨 크루소는 영국 작가 다니엘 디포(1660~1731)가 쓴 장편소설 『로빈슨 크루소』의 주인공이다. 무인도에 표류한 뒤 남다른 지혜와 노력으로 곡식 재배와 가축 사육까지 하며 살다가 28년 만에 무사히 고향으로 돌아간다. 무인도에서 4년간 살았던 스코틀랜드 선원의 실화가 작품의 소재.

"여기 있지. 난 처음부터 잘했어."

"……."

"자, 그럼 난 갈 테니까 다시 찾아봐. 굿바이."

"잠깐만! 잠깐만 기다려요. 잠깐만……."

노빈손은 고함을 지르며 팔을 휘젓다가 잠에서 깨어났다. 더 많은 정보를 얻어내지 못한 게 아쉽긴 했지만, 일단 물을 찾기 위한 최소한의 실마리는 잡은 셈이었다.

1시간 뒤. 노빈손은 깊은 시름에 잠겨 있었다. 로빈슨의 충고에 힘입어 물을 찾아내긴 했는데 그게 죄다 더러운 물이었기 때문이다. 바위틈에서 찾아낸 물웅덩이는 온통 실지렁이 천지고, 모래 밑의 지하수는 아무 벌레도 없는 게 오히려 더 수상쩍었다. 숲 속에서 발견한 물에는 작은 달팽이들이 우글거리고 있었다.

숲이나 계곡을 흐르는 물에 작은 벌레들이 사는 건 당연하다. 하지만 맑은 물이냐 더러운 물이냐에 따라 거기에 사는 생물들의 종류는 완전히 달라진다. 어렸을 때부터 밥보다 만화책을 더 좋아했던 노빈손. 그는 언젠가 과학만화에서 읽었던 '물속 생물들로 수질 판단하는 법'을 거의 정확하게 기억하고 있었다.

물은 어디에?
뱀·개구리·민달팽이는 물 근처에 살고 머위·고추냉이·미나리는 물 가까이에서 자란다. 참새·비둘기·초식동물·파리가 보이면 그리 멀지 않은 곳에 물이 있다는 증거다.

1급수 — 가재나 새우류. 그냥 마셔도 괜찮다.

2급수 — 하루살이 유충. 침전이나 여과 등의 방법으로 정수를 해야 한다.

3급수 — 다슬기, 거머리, 물달팽이. 이 이하의 수질은 화학처리가 필요하다.

4급수 — 실잠자리, 나방이나 파리의 유충.

5급수 — 장구벌레, 실지렁이.

결국 그가 찾은 물은 죄다 식수로는 쓸 수 없는 3급수 이하의 더러운 물이었다. 고민에 고민을 거듭하던 노빈손. 잠시 후 그는 뭔가 좋은 방법을 떠올린 듯 무릎을 치며 벌떡 일어섰다. 약간 호들갑스러운 외침과 함께.

"정수기!"

 ## 깐깐한 정수기를 만들다

노빈손이 떠올린 방법은 물을 여과시키는 것이었다. 여과란 불순물 알갱이들이 섞인 액체를 작은 구멍이 뚫린 필터에 통과시켜 고체만 따로 분리하는 방법이다.

노빈손은 밑둥치만 남은 고목나무의 속을 맥가이버칼로 대충 파내서 물통을 만들었다. 그리고 돌멩이와 모래, 자갈을 정수용 필터로 쓰기로 했다. 하지만 그것만으로는 미세한 불순물들을 효과적으로 걸러 낼 수 없었다. 자갈과 모래만으로는 걸러 낼 수 없는 작

물 (정수시키기 전)

돌

모래

숯

모래

자갈

히히~
물맛좋다~

정수 요령

은 알갱이들이 물에 섞여 있기 때문이다.

"숯이 있으면 좋을 텐데……."

숯의 표면에는 지름이 1/1,000mm인 작은 구멍들이 무수하게 뚫려 있다. 이처럼 구멍이 많은 '다공성' 물질인 숯은 흡착력이 뛰어나 물속의 이물질을 걸러 내기엔 안

물속의 불순물

자연계의 물에는 많은 불순물이 섞여 있다. 빗물에는 공기 중의 각종 물질과 중금속, 방사선 물질들이 섞여 있으며 지하수에는 규산·철·망간 등이 녹아 있다. 가재는 전혀 오염되지 않은 깨끗한 물에만 살기 때문에 수질 파악의 중요한 기준이 된다. 물의 급수를 나누는 기준은 BOD(생화학적 산소요구량).

성맞춤이다. 노빈손은 언젠가 조선시대를 배경으로 한 만화책에서 옛사람들이 우물 속에 반드시 숯을 넣었다는 얘기를 읽은 적이 있었던 것이다.

하지만 무인도에서는 숯을 구할 수 없다. 그렇다고 불을 피우고 나무를 태워서 숯을 구워 낼 만한 여유가 있는 것도 아니다. 고민 끝에 노빈손이 숯 대신 선택한 것은 다름 아닌 러닝셔츠였다.

'이 정도면 웬만한 알갱이들은 대충 걸러지겠지…….'

노빈손은 달팽이가 헤엄쳐 다니는 물을 비닐봉지에 담아서 통 위로 부었다. 그러고는 필터층을 통과하여 아래쪽의 작은 구멍으로 흘러나오는 깨끗한 물을 정신없이 들이켰다. 물배가 통통하게 불러 오자 비로소 정신이 맑아지며 눈앞의 사물들이 똑바로 보이기 시작했다.

"우아, 살 것 같다. 아마 로빈슨도 이런 방법이 있는 줄은 미처 몰랐을걸."

조난 이후 처음으로 노빈손의 마음에 약간의 여유가 찾아오는 순간이었다.

멀티플레이어, 숯

탄소 덩어리인 숯은 환원성도 탁월하다. 숯의 음이온은 산화의 원인인 양이온을 끌어당겨 부패를 방지하고, 공기를 맑게 하여 생체 기능을 키워 준다. 아기가 태어났을 때 방문 앞의 금줄에 숯을 매다는 건 숯을 이용해서 산모와 아기를 해로운 미생물로부터 보호하고 신선한 공기를 제공하기 위해서이다. 조상들의 놀라운 지혜에 박수!

프로메테우스를 그리며

저녁이 되자 기온이 갑자기 뚝 떨어졌다. 불을 피우고 싶었지만 노빈손에게는 불을 피울 만한 도구가 아무것도 없었다.

"불이 있으면 물을 끓여 먹을 수도 있고 조개를 구워 먹을 수도 있을 텐데…… 뭔가 불을 붙일 만한 좋은 방법이 없을까?"

노빈손이 생각해낸 첫 번째 방법은 부싯돌이었다. 일단 불이 잘 붙을 만한 마른 풀들과 장작으로 쓸 나뭇가지를 모았다. 그리고 땅에 굴러다니는 돌멩이들 중에서 단단해 보이는 것들을 몇 개 골라냈다.

'옛사람들은 이걸로 담뱃불도 붙였다는데 나라고 못할 이유가 없지.'

하지만 불은 잘 붙지 않았다. 아무리 세게 돌멩이를 부딪쳐도 불꽃이 튀기는커녕 돌가루만 잔뜩 틸 뿐이었다. 수십 번씩 돌멩이를 바꿔 가며 시도해도 효과가 없자 노빈손은 결국 부싯돌로 불붙이는 일을 포기하고 다른 방법을 찾아보기 시작했다.

두 번째로 시도한 것은 나무를 마찰시키는 방법이었다. 마른 나무토막에 단단한 나무막대기를 비벼서 불을 붙이는 모습은 만

부싯돌은 어떤 돌?
부싯돌은 흔히 '차돌'이라고 불리는 석영의 일종이다. 석영(quartz)은 '꽃처럼 아름다운 돌'이라는 뜻을 지니고 있으며 주된 성분은 이산화규소. 석영은 다른 암석의 틈새에 섞여 있는 경우가 많으며, 자기들끼리만 뭉쳐서 육각기둥 모양의 규칙적 결정을 이룬 것이 바로 투명하게 빛나는 수정(크리스털)이다.

17

화나 영화에 나오는 원시인들에게서 여러 차례 구경한 바 있었다.

'부싯돌을 실패했기로서니 설마 부시맨 흉내마저 실패할까.'

그러나 생각과는 달리 나무토막에서는 연기조차 나지 않았다.

계속 그렇게 비벼대다간 나무보다 손바닥에 먼저 불이 붙을 판이었다.

한참 동안 비지땀을 흘리며 나무를 비벼대던 노빈손은 결국 불꽃 대신 물집만 잔뜩 얻은 채 나무토막을 집어던졌다. 그러고는 한숨을 내쉬며 비닐우비를 몸에 덮고 풀밭 위에 몸을 눕혔다. 인류에게 불을 가

나무를 비벼서 불을 붙이려면?
나무가 공기 속에서 열을 받아 스스로 타기 시작하는 '발화점'은 400~470℃. 나무와 나무의 마찰열을 그 정도까지 끌어올리려면 상당한 힘과 속도, 그리고 압력이 필요하다. 참고로, 종이의 발화점은 450℃.

저다 준 프로메테우스의 위대함을 새삼스레 실감하면서.

 ## 이슬을 보며 깨친 증류의 원리

새벽. 노빈손은 고통에 몸부림치다가 잠에서 깨어났다. 뱃속이 마치 화산이라도 들어 있는 것처럼 부글부글 끓어오르고 있었다.

'먹은 것도 없는데 왜 이럴까……'

배를 움켜쥐고 생각을 더듬던 노빈손의 눈에 물이 담긴 비닐봉지가 보였다.

'그렇군! 물이 문제였구나. 그 물은 여과만으로는 정수되지 않는 거였어. 끓여서 마셨어야 되는 건데……'

순간, 고통과 낭패감으로 괴로워하던 노빈손의 눈이 번쩍 뜨였다. 비닐우비 위로 축축한 습기가 느껴졌기 때문이다.

'물? 이게 웬 물이지? 아무리 봐도 밤새 비가 내린 흔적은 없는데……. 그렇다면?'

노빈손은 고통도 잊은 채 벌떡 일어서며 소리쳤다.

"이슬!"

노빈손은 이슬을 모으는 방법을 곰곰이

이슬과 서리

이슬은 찬 밤공기 때문에 생긴다. 밤에 기온이 내려가면 공기 중의 수증기들이 찬 공기와 만나 응결하면서 물체의 표면에 물방울로 맺히게 된다. 수증기가 기체에서 액체로 바뀌는 온도를 '이슬점'이라고 한다. 기온이 더 떨어지면 수증기가 곧바로 물체 표면에서 얼어붙기 때문에 이슬 대신 서리가 생기게 된다.

궁리해 보았다. 새벽에 맺히는 이슬은 해가 뜨면 이내 증발해 버리기 때문에 많은 양을 모을 수 없다. 그렇다고 해 뜨기 전에 숲 속을 돌아다니면서 이슬을 모으면 얻는 물보다 소모되는 에너지가 더 많아 밑지는 장사가 된다.

'뭔가 더 효과적인 방법이 없을까? 한곳에서 최대한 많은 이슬을 모을 수 있는……'

잠시 후, 노빈손의 눈동자가 이슬처럼 반짝 빛났다.

"그래, 비닐이야!"

비닐은 물을 흡수하지 않기 때문에 밤에 땅에 펼쳐 놓으면 그 면적만큼의 이슬을 얻을 수 있다. 가운데가 우묵한 땅을 골라 돌로 약간 눌러놓기만 하면 움푹 팬 부분으로 물방울이 모이기 때문에 풀잎 위의 이슬처럼 금세 증발해 버리지도 않는다. 그럼 아침마다 최소한 한두 컵의 물은 모을 수 있을 것이다.

여기까지 생각이 미친 노빈손은 편평한 땅을 가운데 쪽으로 경사지도록 약간 파낸 뒤 덮고 있던 비닐우비를 넓게 펴서 그 위에 깔았다.

'앞으로는 공해 없는 무인도의 청정 이슬을 매일 마실 수 있겠구나.'

흐뭇해하던 노빈손은 문득 한 가지를 더 깨달았다. 그새 복통이 흔적도 없이 사라져 버렸다는 것을.

한국에서 물 없이 제일 오래 버틴 기록은?

17일(377시간). 1995년 삼풍백화점 붕괴 당시 마지막으로 구출된 박승현 양(당시 19세)이 주인공이다. 세계 신기록은 1979년에 오스트리아의 18세 소년 안트레아 아하베츠가 세운 18일. 하지만 보통 사람들은 3일만 물을 안 마시면 탈수증으로 위험에 처하게 된다.

모래밭을 오아시스로 바꾸다

아침. 노빈손은 나무 그늘에 쭈그리고 앉아 또다시 생각에 잠겼다. 비닐에 고인 이슬로 목을 축이긴 했지만 아무래도 그것만으로는 충분한 식수를 얻을 수 없었다. 목욕물은 못 얻더라도 최소한 하루 종일 흘리는 땀을 보충할 정도의 물은 마셔야 했다.

이른 아침인데도 햇볕이 마냥 뜨거웠다. 땀으로 인해 선글라스가 뿌옇게 흐려졌다. 투덜거리며 선글라스를 벗어 들던 노빈손의 머리에 갑자기 뭔가가 퍼뜩 스치고 지나갔다. 번개처럼 정수리를 스치고 뒤통수로 빠져나가 버린 영감. 노빈손은 그걸 다시 붙들기 위해 한참 동안 선글라스에 서린 김을 뚫어지게 노려보았다. 그리고 잠시 후.

"해 보자!"

그의 머리를 스친 건 '증발' 이라는 단어였다. 태양이 뜨거우면 어디서든 수분이 증발하기 마련! 그렇다면 공기 중엔 수증기가 잔뜩 떠다닐 것이고, 따라서 그 수증기를 모으기만 하면 어떻게든 물을 만들 수 있을 것이다.

하지만 문제는 수증기를 모으는 방법이었다. 잠자리채로 나꿔챌 수도 없고 손으

사람이 하루에 흘리는 땀의 양은?

캔음료 2~3개 분량인 5백㎖. 그중 99%는 물이고 나머지는 염분과 극소량의 이온이다. 더위에 오래 노출되거나 힘든 운동을 하면 몸속에 높은 열이 발생하므로 땀이 2천~3천㎖까지 늘어난다. 의식을 유지한 상태에서 최대한 흘릴 수 있는 땀은 1만㎖ 안팎. 축구선수는 한 경기당 약 4천㎖, 완주한 마라토너는 약 6천㎖의 땀을 흘린다.

로 쥘 수도 없는 수증기를 어떻게 모아야 할까. 노빈손이 뿌연 선글라스 알을 노려보며 생각한 방법은 '구덩이'였다.

"이 정도의 기온이라면 모래에서도 당연히 수분이 증발하겠지. 구덩이를 파고 비닐로 밀폐해 놓으면 안쪽에서 증발한 수증기 때문에 구덩이는 곧 수분 포화상태가 될 거야. 제아무리 날아다니는 수증기라도 비닐을 뚫고 나갈 수는 없을 테니까. 결국 수증기는 다시 액화되어 물로 바뀌게 되고, 난 그걸 마시기만 하면 된다는 거 아냐. 우아! 이런 방법을 생각해내다니 난 역시 천재야, 천재!"

노빈손은 흐르는 땀을 아까워하지 않고 열심히 모래 구덩이를 팠다. 그러고는 구덩이를 덮은 비닐우비의 가운데를 작은 돌멩이로 눌러 두었다. 그래야 비닐 천장에 맺힌 물방울들이 한곳으로 흘러내릴 수 있기 때문이다. 그리하여 마침내 멋진 '태양증류기'가 완성되었나 했는데…….

"야, 이 멍청아! 너 바보 아냐?"

갑자기 노빈손이 제 머리를 마구 쥐어박기 시작했다. 구덩이 안쪽에 물 받을 그릇을 놓아두는 걸 깜박했기 때문이다. 돌에 눌려 낮아진 비닐의 바로 밑에 그릇을 놔 주지 않으면 기껏 모인 물들이 죄다 흙으로 떨어지지 않겠는가. 흙에서 증발한 수분을 다시 흙으로 되돌려 주는 건 바람과 구름이 할 일이지 조난자가 할 일은 아닌 것이다.

모든 물은 증발한다
증발은 액체 표면에서 일어나는 기화 현상이다. 액체가 끓기 위해서는 일정한 온도와 압력이 필요하지만 증발은 어떤 온도에서나 일어난다. 또 지면이나 수면뿐만 아니라 동식물의 몸에서도 일어난다. 지구에서 증발하는 물의 양은 1년에 무려 40만km²(1km²는 10억 톤)이며 그중 80%는 바닷물이다. 증발은 온도가 높을수록, 습도가 낮을수록, 바람이 강할수록 잘 일어난다. 또 증발하는 면적이 넓을수록 빨리 증발한다. 빨래를 널어서 말리는 이유는 바로 그것!

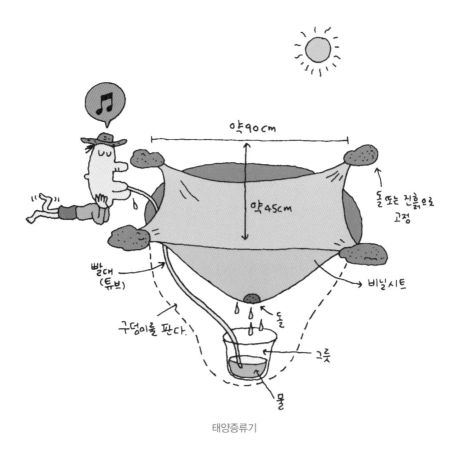

약90cm

약45cm

돌 또는 진흙으로
고정

빨대
(튜브)

비닐시트

구덩이를 판다.

돌

그릇

물

태양증류기

　나무토막을 깎아서 만든 컵을 구덩이 가운데에 놓고 다시 비닐
을 덮으며, 노빈손은 조용히 중얼거렸다. 누가 들을까 봐 최대한
작은 소리로.

　"천재도 가끔은 실수할 때가 있지 뭐. 안 그러면 사람인가?"

허기와 갈증 속에서 떠오른 영감

저녁이 되자 노빈손은 다시 시름에 잠겼다. 태양증류기로 얻은 물은 이슬을 모으는 것보다 많기는 했지만 갈증을 풀어 주기엔 여전히 역부족이었다.

게다가 이젠 뱃가죽마저 등에 찰싹 달라붙어 살갗끼리의 우정을 나누고 있었다. 꼬박 이틀을 굶었으니 그럴 수밖에. 하지만 식수난을 해결하기 전에는 먹을 것을 구하러 돌아다닐 수도 없었다. 이 뜨거운 태양 밑에서 나돌아다녔다간 배고파 쓰러지기 전에 먼저 목말라 쓰러질 게 뻔했기 때문이다.

처얼썩, 처얼썩, 척 쏴아아—.

파도 소리가 환청처럼 노빈손의 귓가에 맴돌았다. 저 바닷물을 몽땅 식수로 바꿀 수만 있다면 얼마나 좋을까. 최남선 시인의 말이 맞았어. 파도 소리가 내 억장을 무너뜨리는구나. 때린다 부순다 무너 버린다……

"바닷물! 넌 완전히 무용지물이야."

바닷물을 식수로 바꾸려면 끓여서 증류시키는 것 외에는 방법이 없다. 하지만 그러려면 일단 불을 피워야 한다. 불은 식수난과 식량난을 동시에 해결해 줄 유일한 열쇠인 것이다. 노빈손은 불을 피우려다 생긴 손바

밥보다 물이 급한 이유
음식물 공급이 중단되면 인체는 즉시 피하지방조직의 지방을 분해하여 활동에 필요한 최소한의 에너지를 만들어 낸다. 하지만 물은 어떤 방법으로도 몸속에 저장할 수 없다. 바로 그게 굶주림은 비교적 오래 버티면서 갈증은 오래 못 견디는 이유다.

닥의 물집을 들여다보며 길게 한숨을 내쉬었다.

"노빈손! 넌 정말로 불필요한 인간이야."

물! 불! 물! 불! 대체 둘 중에 뭐가 더 중요한 거지? 노빈손은 머리를 쥐어뜯었다. 내가 나이 스물에 무인도에 떠내려와서 물불도 못 가리는 인간이 될 줄이야……

노빈손은 선글라스를 벗어 들었다. 낮에 선글라스 알을 들여다보다가 태양증류기를 떠올렸듯이 이번에도 혹시 무슨 아이디어가 떠오르지 않을까 싶어서였다.

"선글라스야, 선글라스야. 좋은 말로 할 때 대답해. 어떡하면 불을 피울 수 있지? 1분 내에 대답 안 하면 알을 확 깨뜨려 버릴 테다……"

59초 후. 노빈손이 갑자기 괴성을 지르며 선글라스에 입맞춤을 퍼부어댔다. 그러고는 회심의 미소를 지으며 선글라스를 다시 눈에 걸쳤다. 설마 선글라스가 진짜로 뭔가 말을 했을 리는 없고, 대체 그는 선글라스를 들여다보며 무슨 생각을 떠올린 걸까?

"돋보기! 바로 그거였어. 우하하하. 이젠 살았다."

물론 돋보기를 이용하면 쉽게 불을 붙일 수 있다. 하지만 안타깝게도 노빈손의 선글라스는 돋보기가 아니다. 그렇다면?

돋보기의 원리

돋보기는 렌즈와 물체의 거리를 초점 거리보다 가깝게 했을 때 실제보다 더 큰 상이 맺히는 볼록렌즈의 성질을 이용한 것이다. 볼록렌즈 외에도 가운데가 두껍고 가장자리가 얇은 투명한 물체는 똑같은 현상을 일으킨다. 글씨 위에 물방울을 떨어뜨리면 글씨가 크게 보이는 것도 마찬가지 원리다.

"오호, 통재라. 내가 왜 진작 이 생각을 못했을꼬."

노빈손은 호들갑을 떨며 허리에 찬 가방을 끌렀다. 그리고 아버지에게서 물려받은 고물 카메라를 꺼내 들었다. 카메라의 렌즈! 노빈손이 선글라스 알을 들여다보며 떠올린 아이디어는 바로 그것이었다.

마침내 불을 붙일 방법을 찾아낸 노빈손은 모처럼 기쁜 마음으로 잠을 청했다.

'내일 해가 뜨기만 하면 난 21세기의 위대한 프로메테우스가 된다. 불을 피우면 당장 바닷가로 달려나가서 식수를 만들고 맛있는 조개구이도 해먹어야지…….'

그러다가 문득 하늘을 쳐다보며 근심스러운 표정으로 중얼거렸다.

"설마 내일 비가 오진 않겠지?"

 렌즈와 필름으로 불을 피우다

짠물을 마시면 손해
사람의 혈액에는 약 0.9%의 염분이 포함되어 있다. 이 비율을 넘어서면 인체는 원래 상태로 되돌아가기 위해 평소보다 더 많은 물을 요구하게 된다. 바닷물을 마시면 갈증이 생기는 건 그 때문이다.

다행히 설마는 사람을 잡지 않았다. 햇볕은 쨍쨍, 모래알은 반짝! 노빈손은 일단 마른 풀과 나뭇가지를 잔뜩 긁어모았다. 그러고는 행여나 깨질세라 조심스럽게 렌즈를 카메라 몸통에서 분리해냈다. 먹지 대용으로는 환전해서 지갑에 넣어둔 외국 지폐를 쓰기로 했다. 어차피 무인도에서 돈 쓸 일도 없는데 태워 버린들 뭐가 아까우랴.

반짝! 렌즈가 햇빛에 빛날 때 노빈손의 눈도 따라서 빛났다. 그의 눈길이 머문 곳은 카메라 속이었다. 렌즈와 이별하고 나서 가슴이 뻥 뚫린 불쌍한 카메라. 거기엔 아버지가 언제 넣어 뒀는지 알 수 없는 오래된 필름이 들어 있었다.

"그렇지. 필름은 검은색이니까 돈보다 훨씬 잘 탈 거야. 경제가 어려워 온 나라가 허리띠를 졸라매고 있는데 아무리 무인도라지만 외화를 태워 버릴 수야 없지."

스스로의 애국심에 뭉클한 감동을 느끼며, 노빈손은 꺼내 들었던 돈을 다시 지갑에 집어넣었다. 그리고 렌즈와 필름을 들고 설레는 마음으로 뙤약볕 한가운데로 나섰다.

"흐흐흐. 이제 잠시 후면 나는 렌즈가 렌지로 바뀌는 역사적인 장면을 목격하게 된다."

불은 따닥따닥 소리를 내며 타올랐다. 노빈손은 감격스러운 표정으로 춤추는 불꽃을 물끄러미 바라보았다. 살아오면서 지금껏 얼마나 많은 불을 봐 왔던가. 촛불, 성냥불, 렌지 불, 난롯불, 모닥불, 그리고 불난집의 불까지……. 하지만 불꽃이 지금처럼 아름답게 느껴진 건 생전 처음이었다.

검은 먹지나 필름은 왜 잘 탈까?

태양빛 속엔 파장이 다른 여러 색깔의 광선들이 섞여 있으며, 우리 눈에 보이는 색깔(가시광선)은 빨주노초파남보 7가지다. 물체에 빛이 닿으면 그 중 어떤 색은 흡수되고 어떤 색은 반사된다. 빨간 장미가 빨갛게 보이는 건 빨간색만 반사하고 나머지는 흡수하기 때문. 검은 물체는 빛을 죄다 흡수하여 우리 눈에 들어오는 반사 빛이 없기 때문에 검게 보인다. 그렇게 빛을 잘 흡수하니 햇빛을 모아 태우면 당연히 잘 탈 수밖에 없다.

27

렌즈가 있는 이상 불은 다시 피울 수도 있다. 하지만 노빈손은 절대 저 불씨를 꺼뜨리지 않기로 마음먹었다. 타오르는 불꽃이 왠지 자기의 희망처럼 느껴졌기 때문이다. 언젠가는 기어코 이 무인도를 탈출하여 그리운 가족들의 품으로 돌아가리라는 희망.

'불씨가 보존되는 한 내 희망도 절대 꺾이지 않고 꿋꿋이 이어지겠지.'

굵직한 장작 여러 개를 모닥불에 얹어놓고 나니 갑자기 졸음이 쏟아졌다. 불을 피우리라는 기대에 들떠 어젯밤 내내 잠을 설친 뒤였다. 타오르는 모닥불 소리를 자장가 삼아, 노빈손은 배고픔도 잊고 이내 혼곤한 잠에 빠져들었다.

 ## 다시 나타난 로빈슨

"하이, 빈손! 고생이 많지?"

로빈슨이 얄미운 미소를 지으며 다가왔다. 그의 허리춤엔 덫에 걸려 잡힌 듯한 산토끼 두 마리가 억울한 표정으로 매달려 있었다.

'얼굴에 번지르르한 기름기가 도는 걸 보니 혼자서 엄청나게 잘 먹고 잘 사는 모양이군.'

인류가 처음 불을 피운 시기는?
인류가 최초로 불을 사용한 건 언제쯤일까. 중국 주쿠디안 동굴에는 50만 년 전에 베이징인이 모닥불을 피운 흔적이 있고, 케냐 서부에는 100만 년 전에 원시인들이 불로 석기와 동물의 뼈를 태운 흔적이 있다. 그보다 더 오래된 건 아프리카 스와트크란 동굴에서 발견된 불고기의 흔적 무려 150만 년 전이다.

노빈손은 심통이 난 표정으로 그를 쳐다보며 쏘아붙였다.

"왜 또 왔어요?"

"왜 오긴. 오늘도 네 멍청함을 깨우치러 왔지."

"멍청하다구요? 이래 봬도 정수기에 태양증류기에 렌즈로 불까지 붙였……."

"오 마이 갓! 그런 간단한 일들을 자랑이라고 늘어놓다니."

로빈슨이 한심하다는 표정으로 노빈손의 말을 가로막았다.

"렌즈는 떠올리면서 왜 비닐은 못 떠올려?"

"비닐하고 렌즈가 무슨 상관이에요?"

"떨떨하긴……. 잘 들어. 무인도에서는 이가 없으면 잇몸을 써야 된다구. 투명한 비닐에 물을 담으면 간이 볼록렌즈로 활용할 수 있다는 걸 몰라? 비닐봉지에 비닐우비까지 갖고 있으면서도 며칠씩이나 물불 못 가리고 청승을 떨다니. 그러고도 니가 무인도 맨이나?"

"……."

"자, 그럼 잘 살아 봐. 난 간다."

"잠깐만요."

"왜, 또? 난 바빠. 지금 간식 먹을 시간이라구."

"대체 그런 걸 미리 안 가르쳐 주고 꼭 나중에 가르쳐 주는 이유가 뭐죠?"

"그래야 재밌잖아."

소중한 비닐봉지

비닐봉지는 물렌즈 말고도 쓰임새가 많다. 물을 끓일 마땅한 그릇이 없을 때는 비닐봉지에 물을 담아서 끓일 수도 있다. 비닐에 물이 채워져 있으면 불꽃의 열이 그대로 물로 전달되므로 강한 열을 가해도 비닐이 녹지 않는다. 물과 비닐 사이에 열적 평형이 계속해서 유지되기 때문이다.

"......."

로빈슨은 토끼를 매달고 유유히 안개 속으로 사라졌다. 노빈손은 그의 뒤통수를 노려보며 유창한 영어 발음으로 의미심장한 작별인사를 건넸다.

"See you later!(두고 보자!)"

 무인도에서 되살린
아리스토텔레스의 지혜

잠에서 깬 노빈손은 한달음에 바닷가로 달려갔다. 그리고 모래밭에 뒹굴고 있던 깡통에 바닷물을 2/3쯤 채워 넣었다. 바닷물 증류에 성공하기만 하면, 이제 드넓은 망망대해가 통째로 거대한 물탱크가 되는 셈이다.

노빈손은 증류수를 얻을 장치를 만들기 위해 한참을 고민했다. 원리는 간단하지만 바닷물을 끓인다고 만사가 해결되는 건 아니다. 수증기를 다시 물로 바꿔야 하고, 그 물을 한곳에 모을 도구도 있어야 하기 때문이다.

일단 대나무 하나를 꺾어서 길쭉한 대롱을 만들었다. 대롱을 바닷물이 담긴 깡통 가

증류란?
액체를 끓는점까지 가열했다가 증발한 물질을 다시 냉각시켜 액체로 만드는 것이다. 이 과정에서 액체에 녹아 있던 여러 혼합 물질들이 성분별로 분리된다. 이런 현상이 일어나는 이유는 각각의 물질마다 끓는점이 다르기 때문인데, 제일 먼저 증발하는 물질이 끓는점이 가장 낮은 물질이다.

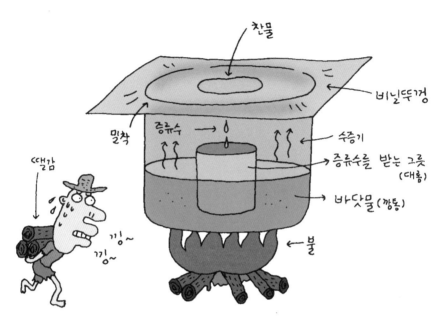

찬물

비닐뚜껑

밀착

증류수 →

수증기

땔감

증류수를 받는 그릇 (대롱)

바닷물 (깡통)

낑~
낑~

불

바닷물 증류법

운데에 세우고 깡통과 대롱의 높이를 맞춘 다음 깡통의 윗부분을 비닐로 막았다. 그리고 비닐 위에는 찬물을 적당히 부어 두었다. 준비 끝! 노빈손은 기대와 걱정이 교차하는 표정으로 흙을 파고 거기에 불을 지핀 후, 깡통을 올려놓았다.

바닷물이 끓기 시작했다. 비닐이 수증기로 인해 뿌옇게 변했다. 잠시 후, 비닐뚜껑 안쪽에는 송글송글한 물방울들이 잔뜩 맺

아리스토텔레스의 지혜
바닷물 증류법을 최초로 발견한 사람은 고대 그리스의 위대한 철학자였던 아리스토텔레스(BC 384-BC 322). 그는 소금물을 끓인 다음 수증기를 액화시키면 순수한 물을 얻는다는 사실을 기원전 4세기에 이미 알고 있었다고 한다.

히기 시작했고, 그 물방울들은 기특하게도 대롱 속으로 뚝뚝 떨어져 내렸다. 뜨거운 수증기가 뚜껑 위쪽의 찬물에 의해 냉각되면서 다시 액화되고 있는 것이다. 노빈손의 아이디어가 다시 한 번 멋지게 빛을 발하는 순간이었다.

노빈손은 대롱에 가득 찬 물을 비우고 깡통 속에 바닷물을 새로 채워 증류하는 일을 여러 차례 되풀이했다. 이제 다른 건 몰라도 식수 걱정은 더 이상 할 필요가 없었다. 소금기가 가신 맑은 바닷물을 꿀꺽꿀꺽 마시며, 그는 흐뭇한 표정으로 중얼거렸다.

"어렸을 때 목욕탕에서 배웠지. 수증기가 차가운 천장에 닿으면 물방울이 된다는 사실을. 아무래도 난 타고난 신동이었나 봐."

노빈손은 문득 눈을 감고 어린 시절을 떠올렸다. 정확히 말하면, 목욕탕 속의 풍경을 떠올렸다. 그는 어렸을 적에 바쁜 아버지 대신 엄마를 따라서 목욕탕에 가곤 했던 것이다. 하지만 안타깝게도 그때 본 여탕의 풍경은 전혀 기억이 나질 않았다. 눈을 뜬 노빈손의 아쉬운 독백.

"쯧. 난 머리는 좋은데 기억력은 별로라니까."

어마어마한 바닷속 소금
바닷속의 소금을 죄다 모으면 그 양은 얼마나 될까. 바다의 표면적은 지구 표면적(약 5억 1,010만 km²)의 약 70%. 그리고 바닷물의 총 부피는 13억 6,900만km³로 지구 부피의 1/7900이다. 염분의 농도가 3.5%라면 약 4,790만km³가 되는데, 그 정도면 지구의 모든 육지를 150m 두께로 덮을 수 있다.

수염이 석 자라도
마셔야 산다

꿀렁꿀렁! 인체는 거대한 물통

물은 산소와 더불어 생물에게 가장 중요한 요소다. 인체는 70~80%가 물로 이루어져 있으며, 생명을 유지하는 모든 신진대사(몸 밖으로부터 섭취한 영양물질을 몸 안에서 분해·합성하여 생명 활동에 필요한 물질과 에너지를 만든 다음 불필요한 물질들을 몸 밖으로 내보내는 작용)는 각종 물질이 녹아 있는 수용액 상태에서의 화학적 반응을 통해 이루어진다.

사람의 몸속에 있는 물의 양은 약 45ℓ. 그 중 약 2.75ℓ의 물을 날마다 갈아 넣고 있다. 1.5ℓ는 음료수로, 1ℓ는 음식물로 보충되며 0.25ℓ가량은 마른 식품에서 신진대사를 통해 얻는다. 소변으로 배출되는 양은 하루에 약 1~2ℓ다.

가만히 누워 있어도 수분이 빠져나간다

물이나 음식이 공급되지 않으면 인체는 지방을 분해하여 하루에 약 0.25ℓ의 물을 스스로 공급한다. 하지만 그보다 훨씬 더 많은 양이 호흡과 땀으로 빠져나간다. 아무것도 하지 않고 가만히 누워 있을 때 배출되는 수분은 하루에 최소 0.4*l*. 한마디로 '밑지는 장사'인 셈이다.

신체 기능을 유지하기 위한 최소한의 물 섭취량은 하루 1*l*. 기온이 30℃면 2.5*l*, 35℃라면 5*l*는 마셔야 한다. 수분이 모자라면 호르몬 분비에 의해 침샘의 활동이 줄어들고, 그 결과 입안이 바짝바짝 마르며 갈증이 일어나게 된다.

결론은 하나. 인간은 빵만으로는 살 수 없으며 반드시 물을 마셔야 한다는 사실이다.

물 빠진 몸에는 영혼이 깃들 수 없다

땀을 많이 흘리거나 오랫동안 물을 마시지 못했을 때 수분을 신속히 보충하지 않으면 신체 기능이 심각하게 떨어진다. 수분 손실과 운동 능력 감소의 비율은 약 1:10. 70kg인 사람에게서 몸무게의 2%인 1천4백*ml*의 수분이 빠져나가면 운동 능력이 20% 떨어지며, 4%가 탈수되면 평소 운동 능력의 절반에 가까운 40%가 떨어지게 된다.

땀 속에는 칼륨, 마그네슘, 암모니아 등의 이온이 포함되어 있다. 이온은 근육과 신경의 운동을 조절하는 역할을 하기 때문에 이온 손실량이 많아지면 근육에 장애가 생겨 경직이나 경련이 일어나게 된다. 마라토너들의 다리에 흔히 쥐가 나는 것도 그 때문이다.

탈수가 심해지면 수분 손실 억제를 위해 땀의 분비량이 줄어들고, 이는 체온 조절 기능의 마비와 급격한 체온 상승으로 이어진다. 그러면 신체적 장애뿐만 아니라 불면·환각 등의 정신적 장애까지 일어나게 된다. 체온이 40~41℃ 이상으로 올라가면 의식을 잃게 되고, 그 상태에서도 계속 수분 공급이 안 되면 사망한다.

수분 손실을 막기 위한 '무인도 행동 수칙'

❶ 불필요하게 움직여서 땀을 흘리지 않는다.
  땀 한 방울이 흐를 때마다 생존 기간이 1분씩 줄어든다고 생각하라.

❷ 햇빛을 직접 받지 않는다. 무인도에서의 일광욕은 자살 행위나 마찬가지다.

❸ 가능하면 적게 먹는다. 음식물 소화에는 많은 양의 수분이 필요하다.
  (무인도의 다이어트는 미용이 아니라 생존 전략이다.)

❹ 입을 다물고 코로 숨쉰다. 그래야 수분이 덜 빠져나간다.
  (밤에 입 벌리고 자는 사람은 무인도 생존 기간이 그만큼 짧아진다.
  미리 연습하라!)

❺ 기온이 높을 땐 땅바닥에 눕지 않는다.
  바닥 온도가 기온보다 최고 15℃까지 높을 수도 있다.

❻ 햇볕이나 바람에 피부를 노출시키지 말고 더워도 옷을 입고 지낸다.
  수분 증발을 억제하기 위함이다.

❼ 갈증이 나면 물을 아끼지 말고 해갈될 때까지 충분히 마신다.
  그래야 최소한의 신체 기능을 유지할 수 있다.

❽ 낮에는 그늘에서 쉬고 이동은 야간이나 새벽에 한다.
  (평소에 야행성인 사람이 유리하다)

2부

 윙~

북극성! 여기는 북반구였구나

조개 맛은 환상 그 자체였다. 감칠맛 나는 초고추장이 없는 게 아쉽긴 했지만 허기와 갈증에 시달린 지난 3일에 비하면 오늘의 만찬은 가히 수라상이라 할 만했다.

'역시 바다는 모든 생명의 근원이야.'

조개구이와 바닷물 증류수로 무인도에서의 첫 식사를 마친 노빈손은 길게 트림을 내뱉으며 모닥불가에 드러누웠다.

밤하늘. 무수한 별들이 금가루처럼 흩뿌려져 반짝거린다. 서울에서 태어나 서울에서 자란 노빈손으로서는 생전 처음 보는 밤하늘의 장관이었다. 그는 잠시 자기의 처지도 잊은 채 황홀한 표정으로 별자리를 더듬기 시작했다. 보이스카웃 시절에 야영하던 순간을 떠올리며.

"저건 북두칠성, 저건 카시오페이아 그리고……."

북두칠성과 카시오페이아를 찾으면 곧바로 북극성을 찾을 수 있다. 두 별자리의 중간 지점에 북극성이 떠 있기 때문이다. 지구의 자전축과 일치하는 까닭에 뱃사람들이나 나그네들에게 늘 정북 방향을 알려 주는 북극성. 노빈손은 어릴 적에 보았던 그 별을 다시 만난 것이 반가운 듯 조용히 중얼거렸다.

별은 모두 몇 개일까?
우주에는 10^{11}개의 은하가 있고 각 은하에는 10^{11}개의 별이 있으니 둘을 곱하면 무려 10^{22}개가 된다. 그중 지구에서 눈으로 볼 수 있는 별은 6천 개 정도. 하지만 지평선 아래쪽의 별은 볼 수가 없기 때문에 북반구나 남반구에서 실제로 보이는 별은 절반인 3천여 개뿐이다.

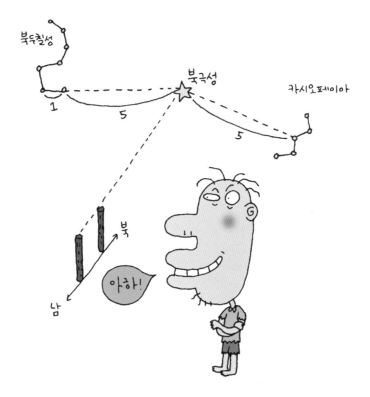

북극성과 별자리

"저쪽이 북쪽인가…… 그러고 보니 여긴 북반구로구나. 북극성이 보이는 걸 보니."

'저 별을 쳐다보며 지구 끝까지 가면 북극에 도착하겠지. 사람도 없는 무인도보다야 차라리 춥더라도 사람이 살고 있는 북극이 훨씬 낫지 않을까. 어쩌면 에스키모들이 반갑다고 펭귄구이를 대접해 줄지도

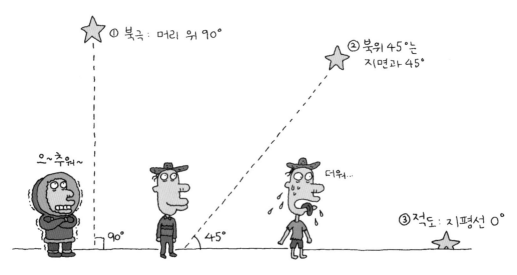

① 북극: 머리 위 90°

으~추워~

90°

② 북위 45°는 지면과 45°

45°

더워...

③ 적도: 지평선 0°

북극성의 위치와 위도

모르는데…….'

북극에 웬 펭귄? 노빈손은 실없이 썰렁한 생각을 하며 밤하늘을 올려다보았다. 이 순간 그는 중요한 사실 하나를 잊고 있었다. 북극성은 북반구라는 사실만 알려 주는 것이 아니라 자기가 지금 있는 곳의 위도까지 가르쳐 주고 있다는 것을.

이유는 간단하다. 만일 노빈손이 북극점 (북위 90°)에 있다면 북극성은 머리 바로 위

자전축과 자전 속도
북극과 남극을 잇는 지구의 자전축은 지구의 공전 면에 대해 23.5° 기울어져 있다. 자전 속도는 밀물과 썰물 때 지구 표면에서 일어나는 마찰의 영향을 받아 아주 조금씩 느려지고, 그로 인해 하루의 총 길이가 100년에 약 1/1,000초쯤 길어지고 있다.

40

에 떠 있을 것이다. 즉, 북극성과 지면의 각도가 90°가 된다. 또 노빈손이 적도(북위 0°)에 있다면 북극성은 북쪽 지평선(또는 수평선)에 걸려 있을 것이고, 북극성과 지면의 각도 역시 0°가 된다. 북반구에서는 이처럼 북극성과 지면의 각도가 곧 관찰자가 있는 곳의 위도가 되는 것이다.

물론 여기에는 약간의 오차가 있다. 지구는 타원형이므로 지면과 수직으로 선을 그었을 때 그 선은 지구의 중심을 약간 비껴 간다. 북극점에서 지면에 수직으로 그은 선은 북극성—북극점—지구의 중심을 잇는 선(자전축)과 완전히 일치하지 않으며, 두 선의 오차는 약 11.5°다. 쉽게 말해서, 북극성이 지면으로부터 정확히 90° 지점에 있다면 그곳의 위치는 북극점이 아니라는 뜻이다.

그렇더라도 현재 위치를 어림짐작하는 데는 큰 문제가 없다. 마라도에 있으나 백령도에 있으나 한국인 것은 마찬가지고, 북해도건 대마도건 일본인 것에는 변함이 없기 때문이다. 노빈손은 밤하늘의 장관에 들뜬 나머지 위치 파악의 중요한 열쇠를 그만 놓쳐 버린 것이다. 하기야 그걸 알아냈다고 해서 별 뾰족한 수가 생기는 건 아니었지만.

지구가 타원형인 이유?
1735년에 프랑스 학사원은 측량을 통해 지구가 타원형임을 입증했다. 남아메리카의 페루와 북유럽의 노르웨이에서 실시한 측량 결과 적도의 반지름은 6,378km, 극의 반지름은 6,357km로 21km쯤 차이가 났다. 즉, 지구는 옆으로 약간 뚱뚱한 타원형이다. 그 이유는 지구가 자전할 때 생기는 원심력 때문.

S·O·S! 구조 신호를 보내다

무인도에서의 세 번째 밤이 깊어 갔다. 하지만 노빈손은 밤새 잠을 이루지 못했다. 골머리를 앓던 물과 불 문제가 해결되자 곧바로 다른 걱정들이 줄줄이 밀려들었기 때문이다.

"어떻게 먹고 살지? 매일 조개만 먹고 살다간 얼굴이 조개껍데기처럼 울퉁불퉁해질지도 모르는데. 그건 그렇고 대체 여기서 얼마나 살아야 하는 거야? 설마 얄미운 로빈슨처럼 무인도에서 청춘을 다 보내게 되는 건 아니겠지. 어떻게든 탈출할 수 있는 방법은 없을까?"

일단은 구조 신호를 보내야 했다. 아무런 통신수단이 없는 무인도에서 구조 신호를 보내려면 어떻게 해야 할까. 맨 먼저 떠오른 것은 불이었다. 섬 곳곳에 모닥불을 피워 놓으면 부근을 지나가는 배나 비행기가 그걸 발견할지도 모른다.

'쇠뿔도 단김에 빼렸지.'

노빈손은 즉시 바닷가로 나가서 모닥불을 새로 붙이고 장작을 잔뜩 얹었다. 제발 누군가가 이 불꽃을 발견해 주길 기도하면서.

'밤에는 작은 담뱃불도 다 보인다는데 이렇게 큰 불을 피우면 당연히 눈에 띄겠지.'

하지만 그는 이내 시무룩해졌다. 지난 3

모닥불에도 규격이 있다
조난당했을 때 피우는 모닥불은 국제 규격이 있다. 땅에 큰 삼각형을 그려 놓고 각 꼭짓점에 불을 피우면 국제민간항공기구(ICAO)에서 정한 긴급구조신호인 '3점 모닥불'이 된다. 밤에는 작은 불꽃도 잘 보이지만 낮에는 모닥불보다 짙은 연기(봉화)를 피워 올리는 게 더 효과적이다. 생나무나 푸른 잎을 태우면 연기의 색깔을 짙게 만들 수 있다.

일간 배나 비행기가 한 대도 지나가지 않았다는 사실을 깨달았기 때문이다.

"아무래도 내일은 섬을 한 바퀴 둘러봐야겠군. 어쩌면 섬 반대 쪽에서는 지나가는 배가 보일지도 몰라."

두 번째 방법은 SOS였다. 해안의 넓은 모래밭에 최대한 커다랗게 SOS를 써놓는 것이다. 비행기에서 보면 사람은 안 보여도 글씨는 보일 테니까.

'설마 그것도 못 읽는 까막눈 조종사는 세상에 없겠지.'

잠을 설친 노빈손은 날이 밝자마자 바닷가로 나갔다. 그러고는 모래밭에 큼직하게 SOS 세 글자를 써 놓았다. 조난당한 사람들의 만국공통어 SOS. 그걸 써놓는 것만으로도 왠지 절반쯤은 구조된 듯한 느낌이 들어 기분이 한결 가벼워졌다. 밀물에 글씨가 지워지지 않도록 바다에서 가능한 한 먼 곳에 글씨를 쓰는 치밀함도 잊지 않았다.

그런데 갑자기 다른 걱정이 머리를 스쳤다. 모래에 써 놓은 글씨는 아무리 명필이라도 비가 오면 깡그리 사라져 버릴 게 아닌가. 섬에 도착한 이후 비가 온 적은 한 번도 없었지만 그렇다고 안심할 일은 아니었다. 날씨가 푹푹 찌는 걸로 봐서 머지않아 분명히 큰 비가 내릴 것 같았기 때문이다.

구조 신호가 SOS인 이유?
SOS가 구조 신호의 대명사가 된 건 모스부호 중 가장 쉬운 글자 이기 때문이다. 1837년에 사무엘 모스가 고안한 모스부호는 간단한 점과 선으로 단어나 문장을 표현하는 것. SOS를 모스부호로 나타내면 '···－－－···'가 된다.

43

밀물과 썰물은 왜 생길까?
달과 태양의 인력이 바닷물을 끌어당기기 때문에 생기며 12시간 25분 간격으로 반복된다. 태양·달·지구가 일직선이 되는 보름과 그믐엔 달과 태양의 인력이 합쳐져 조수간만의 차가 가장 커지고 (사리), 태양·지구·달이 직각이 되는 음력 7~8일과 23~24일에는 인력이 흩어져 조수간만의 차가 가장 적어진다(조금).

"안 되겠군. 다른 방법을 써야겠어."

노빈손이 생각한 장마 대비책은 돌멩이였다. 돌멩이를 모아서 글씨를 만들어 놓으면 어지간한 비에는 떠내려가지 않으리라는 생각이 들었던 것이다.

'잉카 문명의 유적지에 있는 돌들도 하늘에서 보면 전부 정교한 그림들이라지.'

해변에 널린 돌멩이를 모으던 노빈손은

문득 야릇한 느낌이 들었다. 지구 반대편의 사람들끼리 빛의 속도로 통신하는 21세기에 인류 문명을 처음부터 다시 경험하다니.

 ## 레츠 고! 무인도 탐사

돌멩이 SOS를 다 쓰고 나서, 노빈손은 바닷가의 조개를 최대한 주워 모았다. 탐사 도중에 먹을 식량을 마련하기 위해서였다. 다행히 나무 열매라도 발견한다면 모르겠지만 그렇지 않을 경우엔 조개가 그의 유일한 식량이 되어 줄 것이었다.

조개구이 아침을 배불리 먹고 나서 남은 것들을 비닐봉지에 담았다. 그리고 다른 소지품들을 모두 허리에 찬 가방에 주워 담았다. 이리로 다시 돌아올지 아니면 다른 곳에 터를 잡을지 알 수가 없었기 때문이다. 어쩌면 여기보다 훨씬 더 좋은 곳, 이를테면 신선한 강물이 흐르고 나무에 열매가 주렁주렁 매달린 무인도의 중심가를 찾아낼지도 모른다. 지나가는 배가 보이는 곳이라면 금상첨화일 테고.

"일단 높은 곳에 올라가서 섬 전체의 지형을 살펴야지. 그런 다음 적당한 곳을 찍어서 그리로 가는 거야. 집터가 좋으면 만사형통이라고 엄마가 늘 그랬었는데……."

잉카의 나스카 유적
잉카(Inca)는 남아메리카 중앙 안데스 지방(페루·볼리비아)을 지배했던 고대 제국의 이름이다. 페루 리마 남쪽의 사막에는 3백m 상공에서만 윤곽을 확인할 수 있는 거대한 돌멩이 그림과 도형들이 있다. 각 그림의 규모가 수백m에서 크게는 수십km에 이르는 이 '나스카 유적'은 세계 7대 불가사의 중 하나다.

막상 길을 나서려고 하니 그동안 지냈던 바닷가와 나무 그늘을 떠나는 게 왠지 서운하게 느껴졌다.

'그래도 며칠간 내 소중한 보금자리였는데……'

곳곳에 불을 피운 흔적들, 잿더미 위에 수북이 쌓인 조개껍데기들. 그리고 잉카 문명을 축소해 놓은 듯한 돌멩이들. 그 풍경을 바라보는 노빈손의 입가에 피식 웃음이 피어올랐다.

"흐흐흐. 먼 훗날 누군가 여기에 와서 내 흔적을 보면 원시인의 집터랑 조개무지랑 문자를 발견했다고 한바탕 호들갑을 떨겠구나. 기왕이면 고인돌도 하나 세워 둘 걸 그랬지?"

식수가 담긴 비닐봉지를 양쪽 허리춤에 매달고 불붙은 장작 하나를 집어든 다음, 노빈손은 무인도 탐사에 나섰다. 불을 가져가는 건 불씨를 꺼뜨리지 않겠다는 다짐 때문만은 아니었다. 혹시라도 맹수를 만났을 때 보호 수단이 될 수 있고, 운 좋게 머리 위로 비행기가 지나갈 때는 움직이는 구조 신호가 될 수도 있기 때문이었다.

레츠 고! 보무도 당당하게 길을 나서는 노빈손의 가슴속에는 아직도 버리지 않은 한 가닥의 기대가 여전히 남아 있었다.

"어쩌면 여긴 무인도가 아닐지도 몰라. 민간인이 없다면 최소한 독도처럼 군인들이 파견 나와 있을지도 모르잖아? 콩고 군대건 우간다 군대건, 아니면 하다못해 당나라 군대라도……"

조개무지와 고고학
조개무지(패총)는 물가에 살던 선사시대 사람들이 버린 조개껍데기가 쌓여서 생긴 유적이다. 조개껍데기의 석회질이 토기나 석기, 짐승 뼈 등을 잘 보전시킨 까닭에 고고학의 귀중한 연구 자료가 된다. 고인돌은 한반도 청동기시대의 대표적인 무덤이며, 원시시대 지배계급의 무덤이라는 주장도 있다.

새로운 보금자리를 찾아서

산은 보기보다 험하고 높았다. 울창한 나무들로 뒤덮인 무인도의 산봉우리. 사람의 발길이 닿지 않은 탓에 길조차 제대로 나 있지 않은 이 산을 정복하기 위해 노빈손은 벌써 몇 시간째 악전고투를 하고 있었다. 등산 경험이라고는 북한산과 인왕산이 전부였던 그가 엄홍길 대장도 오르지 못한 처녀봉을 인류 최초로 오르고 있는 것이다.

마침내 도착한 정상. 눈앞을 가로막던 장애물들이 모두 사라지고 탁 트인 하늘이 시야에 들어왔다. 꼭대기에서 내려다본 무인도는 긴 타원형의 원반 모양을 한 채 드넓은 망망대해에 둘러싸여 있었다. 수평선을 아무리 훑어봐도 육지라고는 그림자도 보이지 않았다. 노빈손은 자기가 절해고도 외딴 섬에 홀로 갇혀 있음을 새삼스레 느껴야 했다.

"결국 누군가 날 발견해 주기 전엔 나갈 수 없다는 뜻인가……."

하지만 낙담하고 있을 겨를이 없었다. 누군가에게 발견되기 위해서라도 한시바삐 머무르기에 적당한 곳을 찾아야 하기 때문이다. 최대한 눈에 잘 띄는 곳, 장마를

산의 높이는 실제와 다르다?
산의 높이는 해발고도로 나타낸다. 해발고도란 바다의 평균 수면을 기준으로 잰 높이를 뜻하며, 우리나라에는 인하대학교 본관 앞에 해발 0m를 표시하는 기준 수준점이 있다. 산의 해발고도는 산 밑에서 꼭대기까지의 높이보다 더 높게 표시된다. 기슭(평지)의 해발고도가 0보다 높기 때문. 해발 8,848m인 에베레스트 정상에서 산기슭까지의 실제 높이는 8,848m가 안 된다는 뜻이다. 서울 평지의 해발고도는 약 40m.

견디고 짐승들의 침입도 막을 수 있는 곳, 그리고 물과 식량을 얻기 편한 곳. 노빈손은 눈을 가늘게 뜨고 섬 곳곳을 꼼꼼히 살피기 시작했다.

"어라, 저긴?"

노빈손의 눈빛이 문득 이채를 띠었다. 멀리 해안선을 따라서 넓은 갯벌이 보였던 것이다. 갯벌 바로 뒤엔 야트막한 언덕이 있었고 그 뒤쪽으로는 울창한 숲이 우거져 있었다. 노빈손은 고개를 끄덕이며 나직이 중얼거렸다.

"갯벌이 있는 걸로 봐서 강이나 개천도 있겠군. 숲이 있으니까 땔감도 충분할 테고, 나무열매를 따거나 채소를 구할 수도 있겠구나. 게다가 언덕이 있으니 배를 관찰하기도 편할 거야. 홍수나 해일을 피하기에도 평지보다는 약간 높은 곳이 좋겠지? 좋아. 저리로 가는 거야."

어느새 해가 지기 시작했고, 노빈손은 서둘러 산을 내려왔다. 산 중턱에서 새로 점찍은 보금자리를 내려다보니 해가 수평선에 반쯤 걸려 있고 주변은 온통 저녁노을로 물들어 있었다.

'흠, 경치도 그만이로군. 집터 하나는 정말 잘 골랐다니까……'

흐뭇해하는 노빈손의 귓가에 문득 그리운 엄마의 목소리가 들리는 듯했다.

"옛날에 느이 아부지가 왜 번번이 사업에

조난되었을 때 피난처의 조건
3대 조건은 보온, 방습, 방풍이다. 바람막이가 있으면서도 구조대의 눈에 잘 띌 수 있는 곳이라야 한다. 식수원에서 가까워야 하지만 강기슭은 벌레가 많으므로 피하는 게 좋다. 계곡은 홍수에 휩쓸릴 위험이 있으며 공터의 나무 밑은 낙뢰의 위험이 있다.

실패했는지 아니? 다 집터가 나빠서 그런 거야. 새집으로 이사 오고 나니까 일이 술술 풀리잖아. 옛날 조상들이 할 일이 없어서 명당자리 찾아다닌 게 아니라니까……. 빈손아! 너 왜 엄마가 얘기하는데 삐죽거려? 맞을래?"

 ## 미아가 된 노빈손

"미치겠군! 대체 어느 쪽으로 가야 하는 거야?"

노빈손의 입에서 끊임없이 신음이 터져 나왔다. 길을 잃고 헤맨 지 최소한 서너 시간은 흐른 것 같았다. 산꼭대기에서 볼 때는 두어 시간이면 도착할 것 같았던 그 언덕은 아무리 가도 눈앞에 나타나질 않았다. 어림짐작으로 방향을 잡고 걷다가 그만 빽빽한 숲 속으로 들어섰는데, 그다음부터는 어디가 어딘지 도저히 가늠조차 할 수 없었다.

게다가 해가 완전히 진 후엔 사방이 그야말로 한 치 앞도 내다볼 수 없는 깜깜한 암흑이었다. 횃불을 들고 있긴 했지만 그걸로는 기껏해야 서너 걸음 이상을 비출 수 없었다. 한발 한발 조심스레 내딛느라 걷는 속도는 갈수록 떨어지고, 혹시라도 사나운 짐승이 덤빌세라 잔뜩 신경을 곤두

갯벌은 어디에 생길까?
강과 바다가 만나는 하구에는 강으로부터 밀려온 모래나 진흙이 쌓여 하구갯벌과 해변갯벌이 생긴다. 하천이 바다로 흘러드는 곳에는 규모가 제각각이긴 하지만 반드시 갯벌이 형성된다. 갯벌의 종류는 모래로 이루어진 모래갯벌, 펄(=진흙, 개흙)로 이루어진 펄갯벌, 두 가지가 섞인 모래펄갯벌로 나뉜다.

빙글빙글 맴도는 조난자들
길을 잃고 헤맬 때 같은 장소를
계속 빙빙 맴도는 것을 '링반데룽
(ring-wanderung)'이라고 한다.
링반데룽은 독일어로 '원을 그리
며 방황한다'는 뜻. 숲이 우거지
고 시야가 좁은 곳에서 방향감각
을 잃었을 때 흔히 이런 현상이
나타난다.

세운 탓에 이미 온몸이 녹초가 되었다.

"불친절한 무인도. 가로등이 없으면 안내
표지판이라도 있는가⋯⋯."

결국 노빈손은 걷기를 포기했다. 어차피
방향도 알 수 없는 상태에서는 더 이상 전진
한다는 게 무의미했기 때문이다. 자칫하면
목표 지점과 전혀 다른 방향으로 접어들 수

도 있으니, 차라리 이쯤에서 노숙을 하면서 해가 뜨길 기다리는 게 낫다는 생각이었다.

하지만 다시 생각해 보니 날이 밝아도 방향을 찾을 가능성은 희박했다. 산꼭대기에서 내려다본 언덕과 갯벌이 평지에서 보일 리는 없지 않은가. 결국 다시 산으로 올라가서 방향을 확인해야 하는데, 그러다 보면 찾아가는 도중에 또 해가 질지도 모른다. 하루 사이에 산의 높이가 낮아지지 않는 이상 오르내리는 시간은 오늘과 똑같이 걸릴 테니까.

만일 나무를 벨 도구만 있다면 나이테를 보고 방향을 어림짐작할 수도 있을 것이다. 나이테의 간격이 넓은 쪽이 남쪽이니까. 하지만 노빈손이 지닌 작은 맥가이버칼로 나무를 벤다는 건 애시당초 꿈도 못 꿀 일이었다. 그걸로 연필을 깎는다면 또 모르겠지만.

"이거야 원. 침을 튀겨서 방향을 정할 수도 없고……."

고민에 빠졌던 노빈손이 한참 만에 총명한 눈빛을 되찾았다. 아까 산중턱에서 잠깐 보았던 일몰 장면을 적절한 순간에 기억해낸 것이다.

"해가 그쪽으로 졌다는 건 거기가 서쪽이라는 뜻이지. 그러니까 아침에 해 뜨는

나이테가 생기는 이유

나무는 부름켜에서 세포를 만들어 부피생장을 한다. 봄에서 여름까지는 팽창이 활발한 대신 세포벽 두께가 얇아서 색깔이 옅어지고, 그 이후엔 별로 팽창하지 못하는 대신 세포벽은 두꺼워져 색깔이 짙어진다. 이 같은 색깔의 차이가 띠로 나타난 것이 바로 나이테. 밝은 띠와 어두운 띠는 각각 봄·여름과 가을·겨울의 흔적이므로 둘 중 하나의 개수를 세면 나무의 나이를 알 수 있다. 나이테 간격이 넓은 쪽이 남쪽인 이유는 햇볕을 많이 받는 방향일수록 성장이 활발하여 밝은 띠 부분이 두꺼워지기 때문이다.

쪽을 확인한 다음 반대쪽으로만 가면 되는 거야. 그러려면 최대한 일찍 일어나서 일출을 기다려야지."

마음을 정한 노빈손은 불이 주변으로 옮겨 붙지 않을 만한 흙바닥을 골라서 작은 모닥불을 여러 개 피웠다. 그러고는 풀잎을 깔고 비닐우비를 덮고 누웠다. 평소에 늦잠 자기를 밥 먹듯 하던 그였지만 내일만은 해 뜨기 전에 반드시 일어나야 했다. 잠을 청하는 노빈손에게 슬며시 엉뚱한 걱정 하나가 찾아들었다.

"어쩌다 내가 일찍 일어나면 엄마가 늘 그랬는데, 오늘은 해가 서쪽에서 떴다고……. 내일 내가 일찍 일어나면 해 뜨는 쪽이 동쪽이야 아니면 서쪽이야?"

 ## 막대기로 풀어낸 퀴즈 동서남북

해가 떴다. 노빈손은 엄마의 말씀을 무시한 채 해가 뜬 쪽이 동쪽이라고 믿기로 했다. 그리고 반대편을 향해 똑바로 나아가기 시작했다.

'아무리 멀어도 오늘 해 지기 전까지는 서쪽 해안에 도착할 수 있겠지…….'

하지만 얼마 가지 않아서 노빈손은 그게 얼마나 불확실한 방법인지를 깨달았다. 곧게 뚫린 대로를 따라 걸어가는 거라면 또 모를까, 숲과 언덕으로 가로막힌 구불구불한 길에서 눈대중으로 방향을 잡는다는 건 너무도 어려운 일이었던 것이다. 나무들이 빽빽한 숲 하나를 간신히 헤치고 나오는 순간, 노빈손은 결국 다시 방향을 잃고 말았다.

물론 해가 질 때를 기다리면 서쪽을 찾아낼 수는 있다. 하지만 그랬다간 몇 걸음 못 가서 다시 어둠 속을 헤매게 될 것이다. 답답한 마음에 힐끗 해를 올려다보았지만 소용없는 일이었다. 해 뜬 직후와 해 지기 직전을 제외하면 지금 해가 떠 있는 방향이 북북동인지 남남서인지 도무지 알 수가 없기 때문이다.

"야단났군. 이제 와서 다시 산으로 올라갈 수도 없고……."

노빈손은 망연한 표정으로 고개를 떨구었다. 뜨거운 김이 모락거리는 땅 위에는 그림자가 길게 드리워져 있었다.

'불쌍한 그림자가 주인 잘못 만나서 고생하는구나…….'

한숨을 내쉬던 노빈손의 눈빛이 어느 순간 반짝 빛났다.

"그림자! 그림자를 이용하면 된다. 우하하하, 바로 그거야!"

그렇다. 그림자는 해가 움직이는 궤적을 정확히 보여 주는 유일한 흔적이다. 노빈손의 두뇌는 무인도에 표류한 이후 실로 초고속으로 업그레이드되고 있었다.

노빈손은 곧은 막대기를 하나 구해서 땅

태양의 에너지
태양은 지구에서 가장 가까운 항성. 지구와의 평균거리는 1억 4,960km이며 1월 초에 제일 가깝고 7월 초에 제일 멀어진다. 지름은 139만km로 지구의 109배, 부피는 약 130만 배다. 표면온도는 약 6천℃지만 중심부의 온도는 무려 1,600만℃. 지구가 태양으로부터 1초에 받는 빛과 열은 약 45억kcal로 석탄 수백만 톤을 태워야 얻을 수 있는 열량이지만, 그건 태양이 내보내는 전체 에너지의 1/22억 정도에 불과하다.

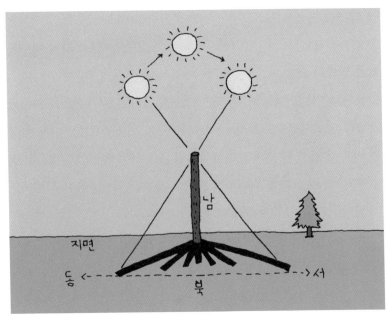

막대그림자로 방위 찾기

시시각각 변하는 그림자

그림자의 길이가 달라지는 것은 지구의 자전에 의해 물체와 태양의 각도가 달라지기 때문. 해가 낮으면 물체에 의해 빛이 닿지 않는 땅바닥의 면적이 늘어나 그림자가 길어지게 된다. 태양의 고도는 정오까지 높아졌다가 다시 낮아지기 때문에 그림자도 오전에는 점점 짧아졌다가 오후에는 다시 길어진다.

위에 꽂았다. 그리고 막대 그림자의 끝 지점에서 막대에 이르는 직선을 그었다. 그다음엔 손목시계를 들여다보며 20분 간격으로 그림자의 길이를 표시했다. 처음에 길쭉했던 그림자는 갈수록 짧아졌다가 어느 순간부터 다시 길어지기 시작했다. 시간이 어느덧 오전에서 오후로 접어들고 있는 것이다.

그러기를 한나절. 막대 주변에는 부채꼴 모양의 길고 짧은 선들이 빽빽히 그어졌다.

노빈손은 그중 비슷해 보이는 선들을 골라 손가락 뼘으로 길이를 비교해 보았다. 잠시 후, 그는 길이가 정확히 일치하는 두 개의 선을 찾아낼 수 있었다.

"찾았다! 야호—."

이 방법의 원리는 간단하다. 막대를 세워 놓으면 오전과 오후에 한 번씩 길이가 똑같은 그림자가 생긴다. 그림자의 길이가 같다는 것은 그 시점에서 해의 위치가 궤도상에서 정확히 반대편이 된다는 뜻이다. 그러므로 두 개의 그림자의 끝을 선으로 연결하면 바로 그게 정동과 정서를 잇는 직선이 되는 것이다.

그러면 어디가 동쪽이고 어디가 서쪽일까. 당연히 오전에 생긴 그림자의 끝이 서쪽이고 오후에 생긴 그림자의 끝이 동쪽이다. 그림자는 언제나 해의 반대편에 생기니까. 해가 동에서 서로 이동하면 그림자는 반대로 서에서 동으로 이동하게 되는 것이다. 동서를 이은 직선에 수직으로 선을 그으면 정남과 정북 방향도 덤으로 찾을 수 있다.

막대기 하나로 멋지게 동서남북을 가려 낸 노빈손은 의기양양하게 서쪽을 향해 나아갔다. 이번에는 절대 길을 잃지 않기 위해서 전진 방향의 정면에 멀리 보이는 나무를 푯대로 삼았다.

'명당자리야, 기다려라. 노빈손이 간다.'

북반구와 남반구는 그림자도 정반대!
그림자를 보면 남쪽과 북쪽을 쉽게 알 수 있다. 나무를 중심으로 원을 그렸을 때 북반구에서는 그림자가 북쪽 반원에만 생기고 남반구에서는 남쪽 반원에만 생기기 때문.

그의 발걸음이 조금씩 빨라지기 시작했다.

 내게 자석만 있었더라면

명당으로 가는 길은 멀고도 험했다. 푯대를 몇 번씩 바꿔 가며 서둘러 걸었는데도 목표 지점인 언덕은 좀처럼 나타나지 않았다. 결국 다시 날이 어두워졌고, 노빈손은 그만 신음을 내뱉으며 그 자리에 털썩 주저앉고 말았다.

하늘을 올려다보았다. 북극성이 보이면 그걸로 대충이라도 서쪽 방향을 가늠할 생각이었다. 하지만 어제까지만 해도 총총하던 별은 오늘따라 하나도 보이지 않았다. 하늘에 구름이 잔뜩 끼어 있었기 때문이다.

"어떡하지. 또 날이 밝을 때까지 기다려야 하나?"

노빈손은 무심코 시계를 들여다보았다. 그러더니 머리를 쥐어박으며 스스로를 나무랐다.

"이 바보야. 여긴 한국이 아니잖아. 한국 시간에 맞춰진 시계를 무인도에서 들여다보면 뭐하냐? 시계가 무슨 나침반이라도 된다든?"

시계가 나침반이라면 얼마나 좋을까. 하

별이 안 보이는 이유
도시에서는 맑은 날에도 '광공해' 때문에 별이 잘 보이지 않는다. 도심의 불빛들이 공기 중의 먼지 입자에 부딪히면서 흩어지고 반사되어(빛의 산란) 하늘에 거대한 산란막을 형성하기 때문. 이로 인해 밤하늘 전체가 밝아져 그 위에 있는 별빛들이 희미해지게 된다.

지만 그건 아무짝에도 쓸모없는 공상에 불과하다. 그렇게 따진다면야 팔이 날개라면 날아갈 수도 있고 바다가 육지라면 걸어갈 수도 있지 않겠는가. 무인도에서 중요한 것은 도구에 대한 그리움이 아니라 도구를 만들어 내는 능력! 만들면 쓸 수 있고 못 만들면 못쓰는 것이다. 노빈손 역시 그런 사실을 지난 며칠간의 무인도 생활을 통해서 이미 충분히 알고 있었다.

짜깍 짜깍―.

시곗바늘이 쉬지 않고 돌아갔다. 시간도 못 알려 주고 방향도 안 알려 주는 쓸모없는 물건. 그러나 무인도에서는 쓸모없는 물건은 아무것도 없다. 한동안 시계를 들여다보던 노빈손의 입에서 한 마디 말이 나직이 흘러나왔다.

"시곗바늘을 나침반으로 바꿀 수 없을까?"

별도 안 보이는 무인도에서 노빈손의 눈동자가 샛별처럼 빛나기 시작했다.

"지구과학 시간에 배웠던가? 지구에서 제일 큰 자석은 바로 지구라고. 나침반이 북쪽을 가리키는 건 지구의 핵에서 발생하는 자기장 때문이라고……."

정답이다. 나침반이 방향을 일러주는 건 지구의 자기장이 나침반의 자침을 끌어당기기 때문이다. 모든 자석은 운명적으로

경도 차이와 시간 차이

지구상의 시간은 경도에 따라 조금씩 달라진다. 영국의 그리니치 천문대를 지나는 본초자오선(경도 0°)을 기준으로 동쪽으로는 경도 15°마다 1시간씩 빨라지고 서쪽으로는 15°마다 1시간씩 늦어진다. 그렇게 하면 경도 180°선의 동쪽과 서쪽 사이에 24시간의 차이가 생기기 때문에 180°선을 '날짜변경선'이라고 한다.

서로 다른 극을 향해 몸을 돌리게끔 되어 있다. N극과 S극 사이의 본능적 그리움이라고나 할까.

"문제는 자석이로구나. 자석만 있다면 시계의 초침을 나침반으로 바꿀 수 있을 텐데."

이것도 정답이다. 자석에 닿은 금속은 비록 잠깐이긴 하지만 제 몸에 자성을 띠게 된다. 자석에 붙은 쇠붙이가 다른 쇠붙이를 자석처럼 끌어당기는 것도 그 때문이다.

"누가 자석을 1분만 빌려 준다면 초침을 붙여 놨다가 나침반으로 쓸 텐데……"

이건 틀렸다. 초침을 나침반 바늘과 똑같은 자침으로 바꾸려면 자석 끝에 갖다 대는 것만으로는 부족하다. 초침 양끝에 N극과 S극이 동시에 생겨야 하기 때문이다. 이럴 때는 초침을 자석의 끝에서 끝으로 비비듯이 이동시켜야 한다. 그렇게 해야 자석의 성질을 초침의 몸으로 고스란히 전달할 수 있기 때문이다.

"초침을 나침반으로 만들면 뭐하나. 손바닥에 올려놓고 방향을 볼 수도 없잖아. 그렇다고 바늘이 저절로 공중에 떠서 돌아갈 리도 없고…… 옳지, 나뭇잎에 얹어서 물에 띄우면 되겠구나."

다시 정답이다. 자침을 손바닥에 얹으면 울퉁불퉁하고 거친 손바닥의 마찰력이 회전을 방해하기 때문에 방향을 확인할 수가 없

최초의 나침반
서양에서 나침반의 원리를 제일 먼저 설명한 사람은 16세기 영국 과학자인 윌리엄 길버트. 하지만 중국에서는 그보다 2천 년이나 빠른 기원전 4세기부터 천연 자석으로 만든 나침반을 이용했다. 당시엔 나침반을 '지남기(남쪽을 가리키는 기구)'라 불렀으며, 자석을 뜻하는 '지남철'이란 말도 여기에서 나왔다.

다. 하지만 자침을 가벼운 나뭇잎에 얹은 다음 고여 있는 물 위에 띄우면 방해하는 힘이 거의 없기 때문에 비교적 정확한 방향 확인이 가능하다.

네 문제 중 무려 세 개를 맞힌 똑똑한 노빈손. 하지만 무슨 소용이랴. 모든 것은 자석이 있어야만 가능한 일인데. 바로 지금 이 자리에서 천연 자석을 발견하지 않는 이상, 제아무리 완벽한 계획을 세우더라도 노빈손은 나침반을 만들 수 없는 것이다.

밤이 점점 깊어 갔다. 그리고 노빈손의 한숨도 따라서 깊어 갔다. 온갖 궁리를 다 해 봤지만 자석을 만들어 낼 수 있는 뾰족한 방법이 전혀 생각나지 않았다. 프로메테우스와 아리스토텔레스를 따라잡은 노빈손이지만 이 문제만큼은 끝내 해결할 수가 없었던 것이다.

"에휴! 손톱만 한 자석 하나만 있었더라도……."

어두운 밤하늘 위로 노빈손의 탄식이 길게 흘렀다. 결국 그는 다음 날 하루 종일 막대 그림자를 지켜보며 다시 방향을 찾아야 했다.

바늘나침반도 중국이 최초
바늘나침반의 원조 역시 중국. 그들은 자침을 나뭇잎에 붙여서 물에 띄운 다음 방위를 파악하며 주택 건축에 활용했다. 놀라운 건 그들이 진북(진짜 북쪽)과 자북(자침이 가리키는 북쪽)의 불일치까지 알고 있었다는 점이다. 11세기 송나라 책인 『몽계필담』에는 '자침이 대략 남북을 지시하나 방향이 진남북과는 약간 다르다'고 적혀 있다.

서부의 개척자처럼

눈을 떴을 때는 이미 해가 중천이었다. 새벽 무렵 마침내 목표 지점인 언덕에 도착한 이후 여태껏 세상모르고 곯아떨어져 있었던 것이다. 며칠에 걸친 강행군 때문인지 아직도 다리가 욱신욱신 쑤시고 발바닥이 쓰라렸다. 조개구이 도시락이 바닥난 뒤부터 아무것도 먹지 못한 탓에 위장이 다시 맹렬한 구조 신호를 보내고 있었다.

직접 와서 확인한 새 보금자리는 과연 명당이었다. 언덕 주위에 높은 산이 없는 덕분에 주변의 바다가 손에 잡힐 듯 훤하게 내려다보였다. 강이라고 하기엔 좀 작고 개울이라고 하기엔 큰 물줄기가 바다를 향해 흐르고 있었고, 물속에는 큼직한 물고기들도 드문드문 보였다. 모래와 펄(개흙)이 반반씩 섞인 갯벌에는 이름조차 알 수 없는 희한한 조개들이 잔뜩 살고 있었다.

"이제 여기다가 집만 지으면 최소한 먹고 살 걱정은 없겠군."

노빈손은 천천히 바닷가를 거닐며 조개를 주웠다. 당장 시장기를 면하고 나면 숲 속에서 본격적으로 식량을 장만할 생각이었다.

'나무열매를 따고, 물고기도 잡고, 덫을

배가 부르려면 얼마나 먹어야 할까?

사람의 위 용량은 약 1,500cc. 한국 성인남자의 평균용량은 1,407cc고 성인여자는 1,275cc다. 위에 들어온 음식물은 20~25초에 1번씩 일어나는 위의 연동운동에 의해 출구 쪽으로 내려와서 위액과 섞인다. 위는 음식물을 3~5시간에 걸쳐 소화한 다음 십이지장으로 보내지만 흡수는 거의 하지 않는다. 위에서 제일 잘 흡수하는 건 알코올.

놔서 작은 산짐승들도 잡아야지.'

갑자기 꿈에서 본 로빈슨의 토끼가 떠오르면서 입안에 침이 잔뜩 고였다. 지글지글한 고기맛을 본 게 대체 언제였는지 기억조차 가물거릴 정도였다.

급한 것은 식량뿐만이 아니었다. 어제부터 잔뜩 끼기 시작한 구름이 아무래도 심상치가 않았다. 이런 날씨가 계속된다면 아마도 머지않아 본격적인 장마가 닥쳐올 것이다. 비가 내리기 시작하면 사냥은 고사하고 당장 지낼 공간이 문제가 된다. 그 전에 하루빨리 안정적인 거처를 마련해야 했다.

'일단 나무를 해다가 집의 뼈대를 세우자. 갯벌의 질척한 개흙을 발라서 벽을 만들고 지붕엔 풀잎을 겹겹이 씌워야지. 아참, 침수를 막으려면 일단 돌멩이로 기초공사부터 해야겠구나. 사냥을 하면 짐승 가죽으로 침대도 만들 수 있겠군. 화장실은 어떡하지? 그냥 아무 데서나 봐?'

어려움을 뚫고 찾아온 보금자리였기 때문일까. 무인도에서의 새 생활을 시작하는 노빈손의 가슴이 희망으로 부풀어 올랐다. 입을 굳게 다물고 먼 바다를 바라다보며, 노빈손은 다짐하듯 중얼거렸다.

"난 탈출할 수 있어. 그때까지는 혼자 힘으로 멋있게 사는 거야. 서부의 개척자처럼."

화장실의 역사
BC 25세기의 유적인 고대 바빌로니아의 주거지에 이미 원시적인 수세식 화장실이 있었고, 고대 이집트의 도시에는 실내 화장실이 있었다. 그러나 중세에는 오히려 화장실 문화가 퇴보하여 호화로운 베르사유 궁전에도 화장실이 따로 없었다고 한다. 유럽 귀족들의 저택에 수세식 화장실이 다시 등장한 것은 19세기 중반이다.

아뿔싸, 배를 놓치다니

식사를 마친 노빈손은 일단 언덕 위에 신호용 불을 피웠다. 그리고 해변으로 내려가 돌멩이로 SOS를 써 놓았다.

'필기체로 쓸까, 고딕체로 쓸까? 이래 봬도 글씨 하나는 끝내주게 잘 썼던 난데……'

다음 순간, 노빈손의 눈이 갑자기 등잔처럼 커졌다. 무심코 바라본 수평선에 뭔가 작은 점 하나가 어른거렸던 것이다.

"저게 뭐지? 움직이는 거 같은데……"

벌떡 일어서서 먼바다를 뚫어지게 쳐다보던 노빈손. 그의 입에서 돌연 감격에 찬 부르짖음이 터져 나왔다. 짐승의 울부짖음처럼 거칠고 짤막한 외마디 소리.

"배다!"

소리 크기의 단위, db
소리의 강약은 공기의 진폭에 의해 결정된다. 소리의 크기를 나타내는 단위는 db(데시벨). 인간이 귀로 들을 수 있는 가장 작은 소리는 0db이고 가장 강한 소리는 130db이다. 0db의 10배는 10db이고 10db의 10배는 20db이다. 20db의 10배인 30db은 0db의 1천 배가 되는 셈이다. 평상시에 대화할 때의 소리는 약 50db 정도.

노빈손은 죽을힘을 다해 언덕으로 뛰어 올라갔다. 그리고 목이 터져라 소리를 지르며 팔을 흔들어 댔다. 해적선이라도 좋고 유령선이라도 좋다. 제발, 제발 날 좀 발견해 다오…….

"어이─ 어어이─"

그러나 배는 전혀 이쪽으로 다가오는 기

62

미가 없이 오히려 조금씩 멀어지고 있었다. 다급해진 노빈손의 눈에 이제 막 불꽃이 피어나는 모닥불이 보였다.

'불! 불을 키워야지.'

노빈손은 눈에 보이는 풀과 나무를 집어 들어 모닥불 위에 닥치는 대로 던져 넣었다.

"제발 좀 봐 줘. 불꽃이라도. 아니면 연기라도…… 제발!"

그러나 허사였다. 미친 듯이 고함을 질러대던 노빈손의 목소리가 차츰 잦아들기 시작했다. 그리고 잠시 후, 배는 끝내 노빈손을 발견하지 못한 채 머나먼 수평선 너머로 사라지고 말았다. 노빈손은 마치 정신 나간 사람처럼 힘없이 땅바닥에 주저앉았다.

"기회였는데, 무인도에서 벗어날 천금 같은 기회였는데……. 아아, 난 결국 이대로 영원히 무인도에서 벗어나지 못하고 죽어 버리는 걸까."

주르륵 눈물이 흘러내렸다. 가늘게 들썩거리던 어깨의 움직임이 조금씩 커지기 시작했다. 그러나 이미 쉴 대로 쉬어 버린 목에서는 울음소리마저 제대로 나오질 않았다. 꺼억 꺽 ─. 가래가 끓는 듯한 탁한 소리만이 간간이 새어 나올 뿐이었다.

소리 없는 통곡이 길게 이어졌다. 배가 사라진 텅 빈 바다 위에는 무심한 물새 한 마리가 빙빙 원을 그리며 날고 있었다.

성대는 어떻게 소리를 낼까?

목소리를 내는 기관인 성대는 1쌍의 주름으로 이루어져 있다. 폐에서 나온 공기가 주름 사이를 뚫고 지나갈 때 주름이 진동하면서 소리를 내는 것. 남자는 성대가 굵고 길어 진동수가 적기 때문에 저음을 내고, 여자와 어린이는 성대가 가늘고 짧아 진동수가 많기 때문에 고음을 낸다. 후두에 염증이 발생하거나 갑자기 큰 소리를 계속 지르면 성대가 부어서 쉰 목소리를 내게 된다.

 ## 다시 희망을 품고

"바보였어. 난 천하의 바보 멍청이였어."

노빈손은 멍한 표정으로 계속해서 스스로를 비웃고 있었다. 검게 그을린 양쪽 볼에는 눈물자국이 선명히 남아 있었다. 하루 종일 그 자리에서 꼼짝도 하지 않고 앉아 있었던 걸까? 어느새 날이 저물기 시작했고, 노을로 물든 앞바다에는 해가 절반쯤 잠겨 있었다.

"바보 같으니라구. 그런 돌머리 주제에 탈출하길 바라?"

노빈손이 자기의 실수를 깨달은 건 조금 전이었다. 낮에는 불꽃이 잘 보이지 않기 때문에 차라리 짙은 연기를 피워 올리는 게 훨씬 효과적이라는 사실을 뒤늦게야 알아차렸던 것이다. 그러려면 약간 젖은 풀이나 나무를 태웠어야 했다. 그런 간단한 이치도 생각하지 않고 구조 신호랍시고 바싹 마른 땔감만 가져다가 불을 피워 댔으니 멀리 있는 배가 자기를 발견하지 못한 건 너무나 당연한 일이 아닌가.

"이 천하의 밥통아. 렌즈는 뒀다가 뭐에 쓸래? 그거 아껴서 삶아 먹으려 했냐?"

그렇다. 거리가 먼 상태에서는 불이나 연기보다도 유리로 햇빛을 반사시켜서 신호를 보내는 편이 훨씬 효과적이다. 노빈손은 뱃사람들이 조난당했을 때 거울을 이용해서

멜라닌 색소의 역할
햇볕을 많이 쬐었을 때 피부가 까매지는 것은 멜라닌 색소 때문이다. 멜라닌은 동물의 피부와 조직에 존재하는 검은 색소로, 자외선을 많이 쬐면 멜라닌이 늘어나 피부를 과잉 광선으로부터 보호해 준다. 인종에 따라 머리카락과 눈 색깔, 피부색 등이 다른 것도 멜라닌 색소의 양이 다르기 때문.

구조 신호를 보낸다는 것을 진작부터 들어서 알고 있었다. 그런데도 막상 배를 발견했을 때는 전혀 그런 생각을 떠올리지 못했던 것이다.

물론 그가 렌즈를 이용해서 빛을 반사시켰어도 뱃사람들이 그걸 발견했으리라는 보장은 없다. 하지만 시도해서 실패하는 것과 시도조차 못해 본 것은 엄연히 다른 법. 노빈손으로서는 충분히 가능한 행동을 하지 않았다는 것 자체가 견딜 수 없이 괴롭고 후회스러웠던 것이다.

하루 종일 고개를 파묻고 시름과 자책에 빠져 있던 노빈손이 자리에서 일어선 것은 그로부터 한참이 지난 깊은 밤중이었다. 어차피 배는 지나가 버린 것. 이제 와서 아무리 후회해도 소용이 없다는 걸 그 역시 잘 알고 있었다.

"그래. 배는 늘 다니는 길로만 다니니까 언젠가는 다시 나타날 거야. 또 놓치지 않으려면 지금부터 미리 미리 준비를 해야지. 이렇게 넋 놓고 앉아 있는 게 훨씬 더 멍청한 짓이야."

노빈손은 천천히 모닥불을 향해 걸어갔다. 그리고 연기만 남은 모닥불을 후후 불어서 아직 꺼지지 않은 불씨를 찾아냈다. 겉보기엔 꺼진 듯하면서도 속으로는 여전히 타고 있는 불씨가 그렇게 기특할 수가

바다 위의 길, 항로

초창기의 항로는 일정하지 않았지만 해상 교통이 발전하면서 항로도 육로처럼 고정되기 시작했다. 뱃길의 거리에 따라 연안항로, 근해항로, 원양항로로 나뉘며 운항이 일정한가에 따라 정기선항로와 부정기선항로로 나뉜다. 세계지도에는 정기선항로와 부정기선항로가 표시되어 있다.

없었다.

　잠시 후, 모닥불이 다시금 탁탁 소리를 내며 타올랐다. 그건 탈출을 향한 노빈손의 희망이 다시 살아나는 소리이기도 했다. 어둠에 잠겼던 언덕이 환해지는 것과 동시에, 희망을 되찾은 노빈손의 눈빛도 다시 예전처럼 밝아지고 있었다.

밤하늘의 등대 북극성

북극성은 몇 등?

모든 천체의 위치는 시간이 지나면 변하지만 북극성은 늘 제자리에 있다. 지구 자전축의 북쪽 연장선과 일치하는 지점에 위치하고 있기 때문이다. 지구와의 거리는 약 8백 광년. 밤하늘에 북극성이 보이면 그곳은 북반구라는 뜻이다.

흔히 북극성이 밤하늘에서 제일 밝은 별이라고들 알고 있지만 그건 사실이 아니다. 밤하늘에는 북극성보다 훨씬 밝은 별들이 숱하게 널려 있기 때문이다.

2천 년 전의 그리스 천문학자인 히파르코스는 별을 밝기에 따라 6등급으로 나눴다. 제일 밝은 별이 1등성, 제일 어두운 별이 6등성이다. 한 등급마다 밝기가 2.5배가량 차이 나며, 6등성은 1등성에 비해 밝기가 1/100밖에 안 된다. 1등성보다 밝으면 0등성이고 0등성보다 밝으면 마이너스(−)로 표시한다.

이 구분에 의하면 북극성의 밝기는 2.1등성이다. 0등성보다 밝은 별은 3개, 1등성 이상의 별은 21개이며, 북극성보다 밝은 2등성 이상의 별만 해도 40여 개나 된다. 북반구에서

볼 수 있는 별들 중 제일 밝은 것은 큰개자리의 알파별(별자리를 이루는 별들 중 제일 밝게 보이는 별)인 시리우스다.

하지만 모든 별이 지구로부터 똑같은 거리에 있다고 가정하고 '절대등급'을 매기면 사정은 달라진다. 지구에서 보면 태양(지구에서 1억 5천만 km)은 -26.8등성이고 북극성은 2.1등성이지만 절대등급으로 보면 태양은 4.8등성이고 북극성은 -3.7등성이다. 별 자체의 밝기만 놓고 비교해 보았을 때 북극성은 태양보다 무려 2천 배가 밝다는 얘기다.

북극성에도 유통기한이 있다

북극성은 영원하지는 않다. 지구의 자전축이 팽이처럼 스스로 원을 그리며 도는 것을 '세차운동'이라고 하는데, 자전축이 완전히 한 바퀴 도는 데는 약 25,800년이 걸린다. 그사이에 자전축은 미세한 이동을 하게 되고, 따라서 북극성의 위치도 조금씩 달라지게 된다.

지금도 북극성은 지구 자전축과 약 50′(분. 1′은 1/60도)가량 떨어져 있으며, 세월이 더 많이 흐르면 북극성을 대신할 다른 별을 찾아야 한다. 천문학자들의 계산에 의하면 6천 년 뒤에는 케페우스자리의 알파별이, 1만 2천 년 뒤에는 거문고자리의 알파별(직녀성)이 북극성이 될 것이라고 한다. 쉽게 말해서, 북극성에도 우유처럼 유통기한이 있다는 얘기다.

지구의 남반구에서는 북극성이 보이지 않는다. 별다른 이유가 있어서가 아니라 단지 지구가 투명하지 않기 때문이다. 남쪽 나라 사람들은 마

름모꼴의 꼭짓점을 이루고 있는 4개의 별, 즉 남십자성을 기준으로 삼아 방위를 가늠한다.

북쪽을 향한 나침반의 일편단심

지구는 거대한 자석이다. 과학자들은 지구 핵 내부의 대규모 유동체 운동이 자기장을 만든다고 추측하고 있다. 철과 니켈로 이루어진 지구의 외핵이 지구의 내부에서 발생하는 열과 지구의 자전에 의해 대류하면서 자기장을 만들어 낸다는 것이다.

나침반은 서로 다른 극끼리 잡아당기는 자석의 성질을 이용한 것. 지구 자기의 S극은 북극에 있고 N극은 남극에 있다. 자성을 띤 나침반의 N극은 지구의 S극에 이끌려 북쪽을 가리키고, S극은 지구의 N극에 이끌려 남쪽을 가리키게 된다.

알쏭달쏭! 진북과 자북

지리상의 북쪽을 '진북'이라고 하고 나침반이 가리키는 자기상의 북쪽을 '자북'이라고 한다. 그런데 진북과 자북은 일치할 것 같지만 사실은 일치하지 않는다. 나침반을 들고 바늘이 가리키는 방향으로 계속 따라가도 진북의 끝점인 북극점(북위 90도)에는 도착할 수 없다는 얘기다.

이는 지구의 자기장 변화에 따라 자북도 조금씩 변하기 때문이다. 자북과 진북의 차이에 대한 인류 최초의 기록은 11세기 중국 송나라 때의 천문 연구서인『몽계필담』. 하지만 자북의 정확한 위치는 1831년에 서양 항해사들이 처음 확인했는데, 1904년에 아문센이 북극을 찾았을 때는 그 위치가 어느새 50km나 변해 있었다고 한다.

현재 지구의 남북축과 나침반 남북축의 차이는 약 11.5°. 만일 나침반만 믿고 북극 탐험에 나섰다간 북극점에 도착하는 게 아니라 북극점에서 무려 1천km나 떨어진 레절루트 만(캐나다 서북부와 알래스카의 접경 지역) 근처를 배회하게 될 것이다. 나침반이 불량품이라고 투덜거리면서. 남극 탐험에 나서면 남극 대륙 언저리의 바닷가에서 똑같은 불평을 늘어놓게 된다.

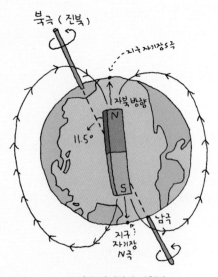

지구 자기장과 나침반

자북의 이동
"굿바이 알래스카! 굿모닝 시베리아!"

자북의 변화는 여러 기록들에서 확인된다. 1580년에 런던의 나침반 바늘은 진북에서 동쪽으로 11° 꺾였으며 1660년에는 진북과 일치했다. 또 1820년과 1970년에는 북서쪽으로 각각 24°와 7° 회전되었다. 지구 외핵에서의 대규모 대류 운동 중에 생긴 작은 소용돌이가 자기장 변화의 원인일 것으로 추측된다.

관측에 의하면 자북은 지금도 매년 서쪽으로 약 40km씩 이동하고 있으며, 그 속도가 차츰 빨라지고 있다. 100여 년 전인 아문센 시대와 비교하면 거의 7배나 빠른 속도다. 이 책 『로빈슨 크루소 따라잡기』가 처음 나왔던 1999년에 캐나다 동북부 허드슨 만 근처였던 자북이 겨우 10년 만에 캐나다 서북부 레절루트 만으로 이동했다는 것은 서쪽으로 달음질쳐 가는 자북의 가속도를 보여 주는 생생한 증거다.

이대로라면 지구의 자북은 곧 캐나다를 벗어나 알래스카를 가로지르게 되고, 50년 뒤엔 베링 해협을 건너 러시아의 시베리아 지역으로 들어서게 된다고 한다.

3부

기둥뿌리를 뽑다

집을 짓는 일은 생각처럼 쉽지 않았다. 휴양림에서 본 아늑한 통나무집을 떠올리며 집 짓기를 시작했던 노빈손은 곧 그게 불가능하다는 걸 깨달았다. 나무는 숲 속에 지천으로 널려 있었지만 노빈손에게는 그걸 벨 수 있는 도구가 아무것도 없었던 것이다.

"돌도끼를 만들면 되지 않을까?"

노빈손은 만화에서 본 원시인들의 돌도끼를 떠올려 보았다. 하지만 뭉툭한 돌을 갈아서 나무를 벨 만한 날카로운 도끼를 만드는 건 석기 문명에서도 고도로 숙달된 전문가들에게나 가능한 일이었다.

게다가 노빈손에게는 주어진 시간이 그리 많지 않았다. 비가 오기 전에 어떻게든 집을 지어야 하기 때문이다.

"이럴 때 전기톱이 있으면 얼마나 좋을까."

하지만 노빈손은 곧 제 머리를 쥐어박으며 조금 전의 대사를 수정했다.

"짜샤! 너 바보 아냐? 전기톱이 있으면 뭐하냐구. 전기가 없는데."

결국 노빈손은 최고급 빌라를 지으려던 건축 계획을 완전히 수정해야 했다.

석기의 역사

구석기시대엔 돌을 깨트려 만든 '뗀석기(타제석기)'를 썼고 신석기시대엔 돌을 갈아서 만든 '간석기(마제석기)'를 썼다. 지금까지 발견된 석기 중 가장 오래된 것은 240만 년 전의 뗀석기. 이후 주먹도끼를 비롯한 양면가공 석기가 호모에렉투스에 의해 150만년간 사용되었으며, 네안데르탈인은 훨씬 얇고 세련된 '박편석기'를 만들었다. 호모사피엔스가 등장한 4만 년 전부터는 정교하게 다듬어진 소형 석기가 사용되었지만 돌도끼가 본격적으로 만들어진 건 1만 년 전에 시작된 신석기시대 때였다.

툭툭 —.

나뭇가지들이 끊임없이 부러져 나갔다. 노빈손은 지금 숲 속을 돌아다니며 팔뚝 두께쯤 되는 나뭇가지들을 꺾어서 모으고 있는 중이다. 일부는 힘으로 꺾고, 일부는 철봉 하듯 매달려서 꺾고, 그래도 안 꺾이면 나무 위에 기어 올라가서 발로 밟아 댔다.

그가 새로 세운 계획은 천막형 오두막이었다. 나뭇가지로 A자형의 골격을 만든 다음 틈새를 개흙으로 덮으면 그런대로 쓸 만한 오두막이 될 것 같았다. 나뭇가지들을 묶는 재료로는 덩굴을 쓰기로 했다. 다행히 숲 속엔 타잔이 타고 다닐 만한 굵고 질긴 덩굴들이 곳곳에 널려 있었다.

하루 종일 비지땀을 흘린 끝에 그럭저럭 오두막 한 채 분량의 나뭇가지들을 모았다. 이제 남은 일은 기둥으로 쓸 굵은 목재를 구하는 일이다. 다른 건 몰라도 집 전체를 떠받칠 기둥만은 최대한 튼튼한 걸로 세워야 하기 때문이다.

주변을 두리번거리던 노빈손은 제 허벅지 두께쯤 되어 보이는 작은 나무 두 그루가 나란히 서 있는 것을 발견했다. 물론 사람의 힘으로는 도저히 꺾거나 부러뜨릴 수 없는 것들이었지만 노빈손의 머리엔 이미 확실한 마스터플랜이 담겨 있었다.

"벨 수 없으면 뽑아 버리지 뭐."

나무를 맨손으로 뽑는다고? 설마 노빈

건축용 목재의 조건
건축용 목재는 곧고 굵고 단단해야 한다. 또 구부러짐이 틀어짐이 없고 습기에도 썩지 않아야 한다. 소나무과에 속하는 미송·낙엽송·적송이 건축용 목재로 널리 쓰이며, 측백나무과의 상록수인 노송은 침엽수 중에서는 최고의 목재. 느릅나무과의 활엽수인 느티나무 역시 건축용으로 인기가 높다.

손이 임꺽정이나 헤라클레스라도 된다는 걸까? 아니면 무인도 숲 속에 혹시 팔뚝만 한 산삼이라도?

"힘이 모자라면 머리를 써야지. 사람이 뭐 힘으로 만물의 영장이 됐다더냐."

노빈손은 나뭇가지 하나를 끝이 뾰족하게 부러뜨린 다음 그걸로 나무 밑의 땅을 파기 시작했다. 숲 속의 땅은 다행히 삽 없이도 팔 수 있을 정도로 무른 편이었다. 파인 흙을 걷어 내고 다시 파길 열댓 번. 마침내 나무들은 땅속 깊이 박혀 있던 뿌리를 조금씩 드러내기 시작했다. 잔털이 보송보송한 축축한 뿌리.

뿌리가 거의 다 드러났을 때 노빈손은 일어서서 나무를 힘껏 밀어 보았다. 으라차차차 —.

나무가 한쪽으로 밀리는 것이 어깨를 통해 느껴졌다. 노빈손의 이마와 팔뚝에 나무뿌리 같은 굵은 힘줄이 툭툭 솟아올랐다.

'넘어져라. 넘어져라. 넘어져라……'

잠시 후, 두 개의 물체가 한꺼번에 땅으로 넘어졌다. 하나는 나무, 그리고 하나는 나무를 껴안은 노빈손이었다.

힘겨운 벌목이 드디어 끝났다. 나무 두 그루와 사람 한 명이 숲 속에 석 삼(三)자를 이루며 나란히 누워 있었다. 기진맥진한 모습으로 나무 사이에 누운 노빈손이 뿌듯한 얼굴로 중얼거렸다.

어마어마한 호밀의 뿌리
뿌리는 식물을 튼튼하게 받쳐주며 물과 양분을 흡수한다. 뿌리의 개수는 상상 외로 많으며 끝부분엔 뿌리털이 무수하게 돋아 있다. 한 연구에 의하면 호밀 1포기의 뿌리가 13,815,762개였고 총 길이는 약 620km로 야구장 절반만 한 면적을 덮고 있었다고 한다. 하루에 자라는 뿌리의 길이만 해도 5km였으며 뿌리털의 개수는 무려 140억 개였다고.

"내가 용돈 떨어졌다고 손 내밀면 엄마가 늘 그랬지. 넌 기둥뿌리를 통째로 뽑을 녀석이라고. 아무래도 우리 어마마마는 남다른 선견지명이 있는 게 분명해."

 ## 언덕 위의 무인도 빌라

기둥뿌리를 두 개나 뽑은 노빈손은 즉시 오두막 신축에 나섰다. 일단 기둥의 높이를 맞춰서 4~5미터 간격으로 땅에 박고, 기둥 꼭대기에서 땅으로 두 개씩 굵은 나뭇가지를 비스듬하게 걸쳤다. 그런 다음 위쪽은 덩굴로 묶고 아래쪽은 땅을 파서 튼튼히 고정시켰다. 옆면에는 긴 나뭇가지들을 묶어서 걸쳐놓았다.

기둥을 땅에 고정시키는 데는 많은 주의가 필요했다. 어설프게 박아놓았다가 자칫 바람에 오두막이 날아가기라도 하는 날에는 졸지에 집도 절도 없는 이재민으로 전락해 버리기 때문이다. 발바닥이 아플 정도로 땅을 꾹꾹 밟아서 다진 노빈손은 그래도 안심이 안 되는지 기둥을 발로 힘껏 걷어차 보았다. 그러고는 커다란 비명.

"아이쿠! 누가 이렇게 세게 박았어."

남쪽과 북쪽의 긴 옆면에는 통풍을 위해

아침 저녁으로 변하는 바람
바닷가에서는 낮에 바다에서 육지로 해풍이 불고 밤에는 육지에서 바다로 육풍이 분다. 낮에는 바다보다 육지가 빨리 데워지기 때문에 공기가 팽창하여 위로 올라가고 이로 인해 육지의 기압이 바다보다 낮아지게 된다. 그러한 기압 차이에 의해 바다 쪽 공기가 육지로 밀려오며 해풍이 부는 것이다. 밤에는 육지가 빨리 식기 때문에 공기 흐름이 반대가 되어 육풍이 분다. 양쪽 기압이 거의 같아지는 아침과 저녁에는 바람이 불지 않는데 이를 '아침뜸'과 '저녁뜸'이라고 한다.

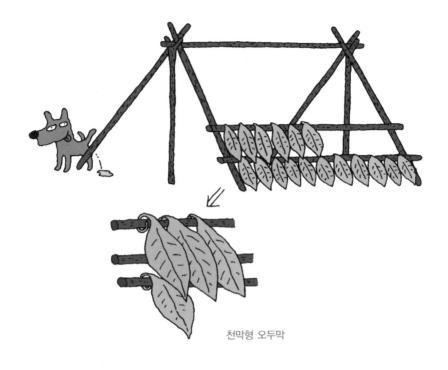

천막형 오두막

약도 되고 독도 되는 햇빛
햇빛에는 눈에 보이지 않는 적외선과 자외선이 포함되어 있다. 적외선은 스펙트럼의 빨간색 바깥쪽, 자외선은 보라색 바깥쪽이다. '열선'인 적외선은 혈관을 넓혀 혈액순환을 촉진시키며 '화학선'인 자외선은 피부를 소독하고 몸속에 비타민 D를 합성시킨다. 하지만 직사광선을 너무 많이 쬐면 화상을 입거나 일사병에 걸릴 위험이 있으며 심한 경우엔 피부암까지 생기게 된다.

창을 하나씩 내기로 했다. 다행히도 노빈손에게는 유리 대신 사용할 수 있는 투명한 비닐우비가 있었다.

나무와 나무의 틈새에 갯벌의 개흙을 바른 다음 햇볕에 말리면 훌륭한 흙벽이 된다. 바깥벽에 넓고 두꺼운 나뭇잎들을 덮으면 뜨거운 직사광선을 어느 정도 차단할 수 있다. 지붕에는 나뭇잎들을 기와지붕처럼 겹겹이 엮어서 얹으면 된다. 비가 와도 빗물이 비스듬한 벽면을 타고 곧바로 흘러내리기 때문에 그리 큰 피해는 없을 것 같았다.

나무로 집의 뼈대를 만들며 노빈손은 문득 어린 시절에 레고 장난감으로 집을 짓던 기억을 떠올렸다.

'그때는 아무리 큰 집이라도 기껏해야 한두 시간이면 충분했었는데……. 진짜 집을 지으려니까 겨우 단칸 오두막인데도 이렇게 힘이 드는구나. 이런 식으로 집을 지으면 한 채를 짓는 데 최소한 일주일은 걸리겠는걸.'

한참 만에 그럭저럭 오두막의 뼈대가 갖추어졌다. 비록 처음에 생각한 아늑한 통나무집과는 거리가 멀었지만, 어제까지 모기에게 헌혈해 가며 노숙한 걸 생각하면 이 정도의 집이나마 만들 수 있다는 게 얼마나 대견스러운지 몰랐다. 아직까지 벽면 공사와 지붕 공사가 남아 있었지만, 노빈손은 뼈대를 세운 것만으로도 마치 궁궐을 지은 듯한 기분이었다.

나무 틈으로 시원한 바닷바람이 스며들었다. 방습과 보온을 위해 바닥에 마른 풀을 두툼하게 깐 노빈손은 푹신한 식물성 침대 위에서 길게 기지개를 켜며 중얼거렸다.

"최고급 빌라가 다 무슨 소용이냐. 사람이 검소한 맛이 있어야지. 난 단칸 오두막에서 안빈낙도하고 음풍농월하고 독야청청하며 살란다……."

암컷 모기가 더 무섭다!
지구상의 모기는 약 1,500종. 열대에서 남극까지 안 사는 곳이 없을 정도로 환경적응력이 강하다. 피를 빠는 건 암컷뿐이며 1~2회 흡혈한 뒤 물 위에 알을 낳는다. 암컷이 흡혈 대상을 쉽게 찾는 건 동물이 발산하는 이산화탄소를 감지하기 때문.

야영은 땅보다 높은 곳에서!
야영이나 노숙을 할 때는 마른 풀
이나 나뭇가지, 옷들을 이용해서
침상을 땅 위로 최소한 30cm 이
상 띄워야 한다. 밤에는 땅바닥의
온도가 기온보다 훨씬 낮아지기
때문이다. 야외에서 텐트 없이 자
는 걸 '비박'이라 하는데 한자인
줄 아는 사람들이 많지만 사실은
꼬부랑 글씨다. 독일어로 Biwak,
불어로 Bivouac.

집은 한 채만으로는 부족했다. 장마에 대
비하려면 주거용 외에도 땔감과 식량을 모
아 둘 창고가 필요했기 때문이다. 삼각형으
로 지은 오두막은 내부 면적이 좁기 때문에
실내에 다른 물건들을 쌓아둘 수가 없었다.

"무인도엔 복덕방도 없나. 쓸 만한 집이
있으면 품을 팔아서라도 셋방을 얻을 텐
데……."

이튿날부터 노빈손은 낮과 밤의 작업을 구분하기로 했다. 낮에는 식량을 구하러 다니고 밤에는 집을 짓기로 한 것이다. 어차피 한낮의 뙤약볕 밑에서는 고된 집 짓기를 강행할 수도 없는 상황이었다.

 ## 천하장사 노빈손

"괘씸한 녀석들……. 한 놈이라도 잡히기만 하면 당장에 요절을 내버릴 테다."

물고기들과 숨바꼭질을 한 지 벌써 반나절이 지났다. 숲 속의 개울로 고기를 잡으러 올 때만 해도 노빈손은 맛있는 생선구이를 먹으리라는 기대에 들떠 있었다. 하지만 그 많은 물고기들 중에서 노빈손의 손보다 느린 놈은 한 마리도 없었다. 한두 번 손아귀에 들어온 녀석들도 있었지만 그때마다 얄미우리만치 잽싸게 다시 빠져나가 버리곤 했다.

결국 노빈손은 맨손으로 고기 잡는 일을 포기하고 개울가의 바위에 주저앉았다. 아침부터 물에 잠겨 있던 발이 그새 퉁퉁 불어 있었다.

'슬쩍만 밀어도 때가 엄청 나오겠구만.'

노빈손은 복숭아뼈 부근을 손가락으로

물고기는 왜 미끈거릴까?
물고기의 몸은 피부와 비늘로 덮여 있으며 피부는 진피와 표피로 나뉜다. 물고기 특유의 미끈미끈함은 표피의 점액세포에서 분비되는 점액 때문. 이 점액은 헤엄칠 때 물의 마찰에 따른 저항을 줄이는 역할을 한다.

슬며시 문질러 본 다음 도리질을 하며 발을 다시 물에 담갔다. 손가락 끝에 시커먼 국수가락 같은 것이 묻어 있다. 갑자기 시원한 메밀국수가 떠오르며 가뜩이나 출출하던 배가 더 고파졌다.

발등 위로 뭔가 지나가는 것이 느껴졌다. 물속을 들여다보니 작은 물고기 한 마리가 발을 스치며 노빈손이 걸터앉은 바위 밑으로 헤엄쳐 들어가고 있었다.

노빈손은 허리를 굽혀 바위 밑을 살폈다. 물고기 서너 마리가 돌 틈으로 오락가락하는 모습이 보였다. 보아하니 거기가 물고기들의 놀이터인 모양이었다. 기분 탓이었을까. 유유히 흔들리는 지느러미가 마치 약 올리는 것처럼 얄밉게 느껴졌다.

'나 잡아 봐라. 나 잡으면 싱싱한 붕어빵 한 마리 사 줄게……'

심통이 난 노빈손은 조약돌을 주워서 물속으로 힘껏 집어던졌다. 하지만 코리안 특급 박찬호가 던진 돌멩이라도 물속에서는 속력을 낼 수 없는 법. 돌멩이는 비실거리며 바닥으로 천천히 가라앉았고, 더 약이 오른 노빈손은 마침내 벌떡 일어서서 더 큰 바위 덩어리를 찾아 주위를 두리번거리기 시작했다.

"네놈들의 놀이터를 뒤흔들어 주마."

노빈손은 바위를 집어 들고는 있는 힘을 다해 물고기들이 들락거리는 바위의 윗부분을 내리쳤다. 쿠웅 —. 육중한 소리가 나

지느러미의 역할

물고기의 지느러미는 육상동물의 앞다리와 뒷다리에 해당한다. 등지느러미와 뒷지느러미는 몸이 회전하는 것을 막고 수직상태를 유지시켜 주며, 가슴지느러미와 배지느러미는 위아래의 동요를 막고 평형을 유지시켜 준다. 몸이 앞으로 나아가는 건 꼬리지느러미 덕분이며, 꼬리지느러미를 제거하면 헤엄 능력이 뚝 떨어지게 된다.

며 바위 주변의 물에 커다란 파문이 일었다. 노빈손은 양손에 얼얼한 통증을 느끼며 처량한 목소리로 중얼거렸다.

"내가 지금 뭔 짓을 한 거야? 바보처럼 물고기들을 상대로 힘자랑을 하다니……."

그때였다. 노빈손의 눈이 갑자기 야구공처럼 큼지막해졌다. 파문이 채 가라앉지 않은 물 위로 물고기들이 둥둥 떠오르기 시작한 것이다. 처음엔 녀석들이 단체로 항의 방문이라도 나선 줄 알았던 노빈손은 이내 상황을 파악했다. 기절! 물고기들이 조금 전의 충격으로 인해 단체로 기절해 버린 것이다.

"이게 웬 떡, 아니 웬 생선이냐!"

노빈손은 급히 물고기들을 건져서 비닐봉지에 주워 담았다. 혹시라도 다시 깨어나서 도망가는 날엔 온 개울에 경계 경보가 내려져서 물고기들이 죄다 숨어 버릴 것 같았기 때문이다. 순식간에 비닐봉지를 물고기로 가득 채운 다음, 노빈손은 약간 미안한 표정으로 나직이 속삭였다.

"그러게 왜 약을 올리냐고. 힘센 사람 약 올려서 좋을 게 뭐가 있다고……."

돌멩이를 느림보로 만드는 힘, 수압

수압은 물의 무게 때문에 생기는 압력이다. 수압은 수심 10cm당 10g중씩 늘어나며, 수심 10m에서 물의 압력(1kg중)은 지구 대기압인 1atm(1기압)과 같다. 즉, 수심 10m에서는 대기압 1atm + 수압 1atm이 되어 육지보다 2배 강한 압력이 가해지고, 이후 10m 깊어질 때마다 1atm씩 늘어난다. 해저 1만m 지점의 수압은 약 1,000atm. 1m²당 무려 1만 톤의 압력이다.

미로 속을 헤매는 물고기들

노빈손은 생선을 불에 구워서 표류 이후 처음으로 맛난 영양식을 먹었다. 비닐봉지 속에서 정신을 차린 물고기들은 갑자기 달라진 환경에 어리둥절했지만 어쩔 수 없었다. 아무리 발버둥을 쳐도, 정확히 말하면 아무리 지느러미버둥을 쳐도 이미 자기들의 몸은 고향의 놀이터를 떠나온 뒤였으니까.

바닷물에서 얻은 소금으로 간을 맞춘 생선구이는 조개랑은 아예 냄새부터가 달랐다. 며칠째 조개구이만 먹어서 질려 버린 노빈손은 게걸스럽게 생선을 뼈째로 으적으적 씹어 먹었다. *끄윽—.* 생선을 잡아먹은 뒤에 생선 가시로 이를 쑤시는 잔인무도한 노빈손.

"오늘은 운이 좋았을 뿐이야. 녀석들이 늘 바위 밑에서만 노는 것도 아니고……"

노빈손은 가끔 잔인하지만 가끔은 이렇게 겸손하다. 그는 오늘 물고기들을 기절시킨 것이 순전히 행운이었음을 잘 알고 있다. 바위를 내려쳐서 수중 지진을 일으키는 건 가끔씩은 써먹을 수 있지만 안정적인 식량 조달 수단이 될 수는 없는 것이다. 뭔가 더 확실하고 효과적인 물고기 포획수단이 필요했다.

후각은 피곤해!
사람이나 동물이 냄새를 맡을 수 있는 것은 기체 상태의 화학물질이 후각을 자극하기 때문. 냄새를 가진 입자가 콧속에 들어와 후세포를 자극하면 후세포의 흥분이 후신경을 따라 대뇌에 전해지면서 냄새를 느끼게 된다. 후각은 여러 감각 중 제일 예민하지만 쉽게 피로해지기 때문에 같은 냄새를 오래 맡으면 감각이 마비되어 냄새를 느낄 수 없다.

물고기 포획용 미로(어살)

　"무협지에 나오는 진법을 이용하자. 미로를 만들고 물고기들을 그 속에 가두는 거야. 설마 제 놈들이 그걸 탈출할 정도로 똑똑하진 않겠지."

　노빈손은 소화도 시킬 겸 곧바로 생각을 실천에 옮겼다. 미로를 만들 재료는 이미 충분히 갖추어져 있었다. 창고를 짓기 위해 꺾어 둔 나무들을 묶으면 이번에는 수렵용 미로의 벽이 되는 것이다. 그는 나뭇가지들을 개울의 기슭으로 한 아름씩 들어서 나른 다음, 미로를 어떤 모양으로 설치할지 곰곰이 궁리하기 시작했다.

미로의 기원

인류 최초의 미로는 그리스 전설에 나오는 '라비린토스'다. 크레타 왕 미노스의 부인이 소의 얼굴과 인간의 몸을 가진 괴물 미노타우로스를 낳자 왕이 괴물을 가두기 위해 한번 들어가면 출구를 찾을 수 없는 꼬불꼬불한 길(라비린토스)을 만든다. 나중에 괴물의 먹이로 들여보낸 소년이 실 끝을 문에 걸고 실을 풀면서 걸어가 길 찾기에 성공한다.

'하트형? V자형? 아니면 별 모양으로 할까?'

드디어 개울 기슭에 정교한 미로가 만들어졌다. 노빈손은 미로를 설치하는 사이에 또 한 가지 아이디어를 떠올렸는데, 그건 똑같은 장치를 바닷가에도 만드는 것이었다.

"바다생선들 중에는 밀물을 따라 얕은 곳까지 헤엄쳐 오는 놈들도 있겠지. 썰물 때 최대한 안쪽까지 들어가서 바닥에 어살을 만들어 놓으면 다음 썰물 때는 그 속에 생선들이 바글거리고 있을 거야. 흐흐흐, 아무리 생각해도 난 천재라니깐."

한번 돌아가기 시작한 노빈손의 머리는 이내 빛의 속도로 회전하고 있었다.

'미로만 만들어 놓으면 그 안에 들어오는 놈들이 몇 마리 안 될 수도 있지. 미로 속에 녀석들을 유인할 뭔가를 넣어 둬야 해. 머리 나쁜 짐승들을 유인하는 최고의 수단은 당연히 먹이일 테고……. 그런데 생선들은 뭘 먹고 살지?'

노빈손은 갯벌에 나가서 갯지렁이를 잡았다. 그리고 물가에 버려져 있던 물고기들의 내장과 눈알도 미끼로 쓰기로 했다. 미끼를 꿰어 놓을 바늘로는 물고기 등뼈에서 뜯어낸 긴 가시를 사용했다. 죽은 생선의 잔해를 이용해서 동료 생선들을 잡으려는 치사한 노빈손.

물고기들은 뭘 먹을까?
물고기는 물속의 모든 생물을 먹이로 이용한다. 미꾸라지나 전어는 바닥의 진흙을 빨아들인 다음 유기물을 걸러 먹는다. 정어리와 청어, 붕어 등은 플랑크톤을 먹고, 칠성장어는 다른 물고기에 달라붙어 영양분을 빨아먹는다. 아마존의 피라니아처럼 동물을 잡아먹는 육식 어류도 있다.

다음 날, 노빈손은 미로 속을 헤매는 물고기들을 기쁜 마음으로 건져 올렸다. 바다 속의 미로에는 작은 생선들이 갇혀 있었지만 개울에서 잡힌 민물고기들 중엔 제법 큰 놈들도 있었다. 파닥거리는 생선의 미끈한 등을 쓰다듬으며, 노빈손은 꿈꾸는 듯한 표정으로 중얼거렸다.

"미로 속에 예쁜 인어공주도 한 마리 들어오면 좋을 텐데……. 아니지, 한 마리가 아니라 한 명이라고 해야 되나? 안데르센은 뭐라고 썼더라?"

 나물 캐는 노빈손

노빈손은 물고기에 이어 싱싱한 채소를 찾아 나섰다. 가격으로 따진다면야 푸성귀보다 생선회가 훨씬 비싸지만 북극곰도 아니고 인간이 매일 생선만 먹고 살 수는 없다. 식물성 먹을거리는 입맛뿐만 아니라 영양의 균형을 위해서도 반드시 필요하다.

숲 속에는 무수한 식물들이 있었지만 그걸 모두 식용으로 삼을 수는 없었다. 자칫하다간 식중독에 걸릴 수도 있고, 더 심하면 독에 중독되어 푸르뎅뎅한 청색인간이 될지도 모른다. 노빈손은 생각 끝에 일단

식물은 영양소의 보물 창고
식물성 먹을거리는 중요한 영양소의 대부분을 제공한다. 채소류에는 무기질과 비타민이 풍부하며 탄수화물의 일종인 섬유소도 많이 들어 있다. 곡류는 탄수화물의 주된 공급원이고 콩에는 단백질이 풍부하다. 버섯 역시 무기질과 비타민이 풍부한 훌륭한 식품이다.

자기가 알고 있거나 혹은 엄마가 시장에서 사 오는 나물과 비슷하게 생긴 것만을 캐서 먹어 보기로 했다.

"요건 고사리니까 먹어도 되고……. 옳지, 요건 쑥이로구나. 음, 이건 꼭 고들빼기처럼 생겼는걸? 일단 한번 먹어 보자."

노빈손은 숲 속을 헤집고 다니며 여러 종류의 들풀들을 조금씩 캐 모았다. 개중에는 쑥이나 고사리처럼 흔히 보던 식물도 있었고, 이름은 모르지만 왠지 낯익은 듯한 식물도 있었다. 하지만 아쉽게도 노빈손이 제일 좋아하는 도라지는 발견할 수 없었다.

'이제 보니 심심산천에 백도라지는 무인도에는 해당되지 않는 노래였구나.'

대표적인 식용식물들

노빈손은 캐 모은 나물을 일단 하루에 한 가지씩 먹어 보기로 했다. 여러 종류를 한꺼번에 먹으면 혹시 탈이 나더라도 어떤 것 때문에 탈이 났는지 확인할 수가 없기 때문이다. 시식을 할 때도 만일에 대비하여 내용물을 최대한 잘게 썬 다음 조금씩 먹었고, 조금이라도 냄새가 안 좋거나 맛이 이상할 경우엔 즉시 뱉은 후 입안을 헹궈 냈다.

며칠이 지나자 노빈손은 안심하고 먹을 수 있는 식물들을 꽤 많이 확보했다. 종류별로 잎과 줄기, 뿌리 중 어느 부분이 더 연하고 맛있는지도 확인할 수 있었다. 뿐만 아니라 어떤 것을 오래 삶아야 하고 어떤 것을 살짝 데쳐야 하는지도 나름대로 터득했다. 이제 노빈손의 식생활은 조개구이 편식에서 벗어나 동식물의 균형을 약간이나마 갖추게 된 셈이었다.

독버섯이냐 아니냐 그것이 문제로다

"히야아, 여긴 완전히 버섯밭이로구나."
노빈손의 눈이 휘둥그레졌다. 숲의 한쪽 구석이 마치 버섯을 종류별로 진열해 놓은 버섯 가게처럼 다양한 버섯들로 뒤덮여 있었던 것이다. 거무튀튀한 버섯, 불그죽죽

녹색 채소를 먹는 방법
녹색 채소류는 삶거나 끓이지 말고 살짝 데치는 것이 좋다. 채소에 함유된 아스코르브산(비타민C)이 열에 쉽게 파괴되기 때문이다. 아스코르브산은 수용성이기 때문에 물에 오래 담가두거나 여러 번 씻는 것도 피해야 한다. 하루에 필요한 아스코르브산의 양은 70mg으로 다른 비타민에 비해 훨씬 더 많다.

한 버섯, 희끄무레한 버섯, 알록달록한 버섯……. 크기도 손톱만한 것에서부터 주먹만 한 것까지 매우 다양했다. 바위 밑이 물고기의 놀이터라면 여긴 아마 곰팡이들의 놀이터인 모양이었다.

노빈손은 초등학교 때 만화책에서 버섯이 곰팡이라는 걸 읽고 난 뒤부터 버섯을 먹지 않았다. 하지만 버섯이 매우 영양가 높은 훌륭한 식품이라는 건 누구보다도 잘 알고 있다. 버섯을 먹지 않는다고 엄마가 자기를 늘 야단치곤 하셨기 때문이다.

"빈손아. 너 송이버섯이 얼마나 비싼지나 알아? 기껏 싸 준 도시락 반찬을 죄다 남겨 오면 어떡해? 또 거지처럼 남의 반찬 얻어먹었지? 맞을래?"

잠시 추억에 잠겨 있던 노빈손은 엄마의 가르침을 받들어 버섯을 따 먹기로 했다. 하지만 아무 버섯이나 무작정 먹을 수는 없었다. 버섯 중에는 식용뿐만 아니라 인체에 치명적인 맹독을 지닌 녀석들도 있기 때문이다. 여태 잘 살아왔는데 이제 와서 하찮은 곰팡이에게 무릎을 꿇을 수는 없는 일이었다.

"이 중에 분명히 독버섯이 섞여 있을 텐데…… 어쩐다?"

이번엔 중학교 때 본 만화책의 주인공들을 떠올렸다. 산속에서 길을 잃고 헤매던 그들 남녀는 독버섯이 대부분 화려한 색깔을 띠고 있다며 우중충한 버섯만 따먹고 살다

버섯은 곰팡이? NO!
버섯이 균류(곰팡이)인 건 맞지만 우리가 먹는 버섯은 곰팡이가 아니다. 버섯은 곰팡이가 생식을 위해 만들어 낸 '자실체'일 뿐이다. 곰팡이의 포자가 발아하면 균사가 되고 2개의 균사가 합쳐져서 2차균사를 만드는데 그 2차균사가 자란 것이 바로 자실체, 즉 버섯이다. 버섯의 생장은 매우 빨라 4시간 만에 무려 20cm나 자라는 경우도 있다.

가 두 달 만에 구조됐었지. 제목이 『버섯밭의 로맨스』였던가?

"만화책을 그대로 믿어도 되는 걸까? 엄마가 사 온 버섯들도 하나같이 색깔이 우중충했던 것 같긴 한데……. 하기야 만화가도 아무 근거 없이 그런 작품을 그리진 않았겠지? 좋아, 한번 믿어 보는 거야."

남다른 만화광답게 노빈손은 만화책을 믿기로 했다. 일단 표본을 채취하여 채소류와 마찬가지로 조금씩 시식을 해 본 다음 먹기에 적당한 것들을 골라내기로 한 것이다. 아무리 독버섯이라도 설마 한 조각 먹는 정도로 죽지는 않으리라는 생각이었다.

버섯들 중에는 주름에 짙은 분홍빛을 띤 녀석들이 더러 있었다.

'이크, 조심하자! 색깔이 화려한 걸로 봐서 저건 분명히 독버섯일 거야. 가증스러운 녀석들 같으니라구.'

노빈손은 행여 손에 독이 묻을세라 분홍빛 버섯에는 아예 접근조차 하지 않았다.

몇몇 버섯들은 뿌리에 종기 같은 게 돋아 있었다. 노빈손은 그런 녀석들도 일찌감치 반찬거리에서 제외했다. 갑자기 아버지의 말씀이 머리를 스쳤기 때문이다.

"뭐든지 근본이 중요한 법이야. 자고로 뿌리가 부실한 집안에서는 절대 인재가 못 나오는 법이거든. 우리 노씨 집안으로 말할 것 같으면 뿌리 깊은 양반 가문으로 대

약 주는 곰팡이
현재까지 질병의 원인으로 밝혀진 곰팡이는 약 2백여 종. 하지만 곰팡이가 병만 주는 건 아니다. 1928년에 플레밍이 발견한 인류 최초의 항생제 페니실린이 푸른 곰팡이에서 나왔기 때문. 페니실린은 세균에 대해서는 막강한 파괴력을 갖지만 인간에게는 전혀 해를 끼치지 않는 '약 주는 곰팡이'다.

대로 우수한 학자들이 속출했으며……. 이러쿵저러쿵……. 결론적으로 빈손이 너는 우리 가문의 돌연변이라 이거야."

미심쩍은 버섯들을 제외한 나머지를 조금씩 따서 오두막으로 돌아온 노빈손은 일단 깡통에 물을 담고 불을 피웠다. 그러고는 표본들을 종류별로 가늘게 찢었다.

몇몇 버섯들의 줄기 안쪽에 수상쩍은 검은 반점들이 나 있는 게 보였다.

'으악, 에이즈다!'

노빈손은 황급히 그 버섯을 집어던졌다. 영화 〈필라델피아〉에 나온 톰 행크스의 붉은 반점이 뇌리를 스쳤고, 뒤이어 HIV 바이러스의 흉측한 모습이 머리에 떠올랐다.

조금이라도 찜찜한 것들을 제외하고 나니 나머지는 대여섯 종류에 불과했다. 노빈손은 마지막까지 남은 후보들의 모습이 대부분 낯익은 것 같다는 느낌이 들었다. 녀석들의 생김새가 엄마의 장바구니에 담겨 있던 버섯들과 비슷해 보였기 때문이다. 동글동글한 송이버섯, 넓적한 느타리버섯, 겉 다르고 속 다른 표고버섯, 가느다란 팽이버섯……. 결국 식용버섯의 종류는 세상 어디에서나 다 마찬가지인 모양이었다.

"이럴 줄 알았으면 처음부터 아는 것들만 골라서 뜯어 오는 건데……. 그건 그렇고

독버섯 구별법
독버섯은 대체로 빛깔이 진하거나 화려하고 끈적끈적한 즙이 나오며 불쾌한 냄새가 난다. 주름이 분홍빛이거나, 뿌리에 종기 같은 돌기가 있거나, 줄기 안쪽에 검은 반점이 있는 것도 독버섯이다. 하지만 식용버섯과 독버섯을 확실하게 구분하는 기준은 없으므로 의심스러우면 절대 먹지 말아야 한다. 독버섯에 포함된 코린과 무스카린 등은 소화기와 혈액에 악영향을 미치고 신경계를 손상시킨다.

왜 무인도에는 딴 건 다 있으면서 몸에 좋다는 영지버섯은 없을까?"

잘게 쪼갠 버섯을 삶아서 입에 털어 넣으며, 노빈손은 문득 고등학교 시절을 떠올렸다. 지금보다 머리숱이 훨씬 많던 시절, 두발 검사를 앞두고 옆머리랑 뒷머리만 싹둑 쳐올렸을 때 말숙이가 날 보며 하루 종일 낄낄거렸지.

"야, 너 꼭 버섯돌이 같애. 가뜩이나 옆짱구인 애가 머리까지 버섯처럼 깎으면 어

너희가 버섯을 아느냐

송이버섯은 아시아 일부 지역에만 있으며 맛과 향이 좋아 식용버섯 중 으뜸으로 꼽힌다. 느타리버섯은 전세계에 고루 분포하는 대표적 식용버섯. 표고버섯은 혈액 속의 콜레스테롤 축적을 억제하는 성분이 있어 고혈압 예방식품으로 애용되며, 영지버섯은 불면증·소화장애·관절염 등에 좋다. 그밖의 식용버섯으로는 싸리버섯, 석이버섯, 밤버섯, 나팔버섯, 팽이버섯 등이 있다.

93

떡하니?"

갑자기 말숙이의 하얀 덧니가 못 견디게 그리워졌다.

 무인도의 덫

바스락―.

숲 속에서 뭔가 움직이는 듯한 소리가 났다. 깜짝 놀란 노빈손은 커다란 나무 뒤에 몸을 숨긴 채 쥐죽은 듯 숨을 죽였다. 그리고 소리가 들려온 방향을 뚫어지게 쳐다보기 시작했다. 호신용 몽둥이를 움켜쥔 손이 온통 땀으로 흥건해졌다.

"뭐였을까? 바람 소리는 분명히 아니었는데……. 호랑이? 뱀? 쥐? 아니면…… 설마하니 식인종?"

머리 속으로 순식간에 오만 가지 생각이 스쳤다.

'맹수라면 몽둥이만으로 상대할 수는 없을 텐데. 관절염이나 식중독에 걸린 짐승이라면 또 몰라도……. 곰이 나타났을 때 죽은 척해서 살아났다는 이솝우화는 신빙성이 있는 걸까? 죽어라고 뛰면 설마하니 기어다니는 뱀한테 잡히지는 않겠지? 하지만 만약에 식인종이라면…… 으으으.'

독사들의 경고
뱀 중에서 독사는 전체의 약 1/4. 하지만 알을 품고 있는 경우가 아니면 먼저 공격하는 경우는 드물다. 뱀의 휘파람 소리는 숨을 빨리 쉴 때 들리는 일종의 경고 신호. 냉온동물인 뱀은 필요한 산소량이 적기 때문에 평소에는 호흡량이 1분당 2~10회에 불과하다. 코브라는 목과 배를 부풀려서 적을 위협하고 방울뱀은 꼬리 끝의 특수한 발음기관에서 경고음을 낸다.

머리카락이 곤두서고 온몸에 소름이 돋았다. 팔팔 끓는 가마솥에 내던져지는 끔찍한 장면이 떠올랐기 때문이다.

'이런 방정맞은 생각을 하다니……'

노빈손은 눈을 질끈 감고 고등학교 때 본 만화를 떠올렸다. 그 주인공은 식인종에게 잡혔다가 식인종 처녀와 사랑에 빠져 그녀의 도움으로 탈출에 성공했었지. 제목이 『식인종의 첫사랑』이었던가?

순간, 노빈손의 눈앞으로 뭐가 희끗하게 지나갔다. 소리의 정체를 확인하는 순간 노빈손은 갑자기 맥이 탁 풀리며 그 자리에 주저앉고 말았다.

'한심한 노빈손. 스무 살이나 된 사내 녀석이 겨우 저런 놈 때문에 그렇게 긴장을 했단 말이냐.'

숲에서 튀어나온 것은 털이 탐스러운 하얀 산토끼였다.

"잡아야 되는데. 꼭 잡아먹어야 되는데……."

노빈손은 토끼를 잡는 방법을 곰곰이 연구했다.

'결투를 신청해서 정정당당히 생포해?'

하지만 안타깝게도 토끼는 사람의 말귀를 못 알아듣는다. 설사 알아듣는다고 해도 토끼는 한국어를 모르고 노빈손은 섬나라 말을 모르니 대화가 통할 리 없다. 어찌어찌해서 말이 통해도 토끼가 결투를 거절

배고파서 식인종이 된 게 아니다?

식인종은 아프리카 밀림에만 있는 것이 아니다. 16세기 멕시코의 아스텍 왕국을 비롯하여 라틴아메리카의 마야문명과 잉카문명에는 모두 식인 풍습이 있었다. 또 고대 중국의 일부 지방에 식인 풍습이 있었다는 주장도 있다. 당시의 식인 풍습은 대부분 식량 때문이 아니라 종교 때문이었다고 한다.

하면 그만이다.

"아까 그 길에 덫을 놓고 기다리는 거야. 짐승들은 늘 다니는 길로만 다닌다니까 언젠가는 덫에 걸려들겠지."

그런데 문제는 덫을 놓는 방법이었다. 무인도에는 덫을 파는 가게도 없고 덫에 필요한 쇠붙이를 만드는 대장간도 없기 때문이다. 노빈손은 어렸을 때 아버지가 사 온 쥐덫의 구조를 기억해 내려고 애썼지만 기억나는 건 덫에 걸린 생쥐의 슬픈 눈망울밖에 없었다. 그때 난 쥐를 풀어 주자고 떼를 쓰다가 온 집안 식구들에게 왕따를 당했었지.

"잉잉 ─. 불쌍한 미키마우스를 풀어 줘요."

"빈손아! 제발 정신 차려. 저건 미키마우스가 아니라 쥐새끼란 말야."

눈을 감고 잠시 그리운 가족들의 얼굴을 떠올리던 노빈손이 다시 눈을 떴다. 두 눈에 총기가 넘치는 걸로 봐서 뭔가 훌륭한 토끼 사냥법이 떠오른 모양이었다.

노빈손이 떠올린 아이디어는 두 가지였다. 하나는 올무, 그리고 또 하나는 함정. 올무를 떠올린 건 야생동물 밀렵꾼들의 횡포를 다룬 TV 다큐멘터리 덕분이었고, 함정을 떠올린 건 어린 시절에 동네 어른들을 골려

부드럽지만 부러지지 않는 가지

홈

사냥용 올무 만드는 법

주기 위해 친구들과 함께 만들었던 허방다리의 기억 덕분이었다. 뒷산의 오솔길에 허방다리를 만들고 위를 풀로 슬쩍 덮어 놓으면 산책 나온 아저씨 아줌마들이 잔뜩 분위기를 잡으며 지나가다가 푹푹 빠지곤 했던 것이다.

노빈손은 질긴 풀잎을 새끼줄 꼬듯 가늘게 꼬아서 긴 줄을 만들었다. 그리고 둥글게 올가미를 만든 다음 한쪽 끝을 적당한 높이의 나뭇가지에 묶어서 땅으로 늘어뜨렸다. 올가미의 지름은 토끼 한 마리가 간신히 지나갈 정도였으며, 줄에 몸통이나 다리가 걸리면 꼭 조여지도록 헐렁한 매듭

토끼의 보호색

갈색의 야생토끼는 가을부터 하얗게 변하다가 겨울에는 새하얗게 변한다. 자기의 모습을 하얀 눈 속에 감추기 위한 일종의 보호색이다. 보호색을 지닌 가장 대표적인 포유류는 나무늘보. 나무늘보의 털에는 녹조류의 식물이 자라는데 비가 많은 계절에는 녹색, 건조할 때는 갈색으로 변해 몸 색깔을 주위 환경에 일치시킨다.

97

을 만들어 놓았다.

그런데 막상 덫줄을 나무에 매달고 보니 줄이 축 늘어지면서 둥근 올가미 부분이 좁고 길쭉해졌다. 영양실조에 걸린 앙상한 토끼가 아닌 이상 그렇게 좁은 올가미를 통과하는 건 불가능할 것 같았다. 고민 끝에 노빈손은 땅에 작은 나뭇가지 두 개를 꽂은 다음 올가미를 벌려서 나뭇가지 꼭대기에 살짝 걸쳐 놓았다.

올무를 완성한 노빈손은 시험 삼아 발을 올가미 안쪽에 넣은 다음 줄을 슬쩍 건드려 보았다. 매듭이 당겨지면서 올가미가 발목 굵기까지 조여 들었다.

"이 정도면 쓸 만하군."

노빈손은 만족스러운 표정을 지으며 제 발목을 조이고 있는 올가미를 벗겨 냈다. 이제 토끼가 지나가다가 줄을 건드리기만 하면 올가미는 즉시 토끼의 발목을 조이는 수갑으로, 정확히 말하면 족쇄로 변하게 될 것이다. 손은 오직 사람에게만 있는 것이니까.

덫의 종류

인류는 까마득한 옛날부터 덫으로 새나 짐승을 잡았다. 땅을 파고 위를 풀로 덮은 함정은 제일 오래된 덫이라고 할 수 있는데, 아프리카에는 하마나 코끼리까지 함정으로 잡는 원주민이 있다고 한다. 올무는 전 세계에 가장 널리 분포한 초보적인 덫. 구조는 간단하지만 토끼와 노루는 물론이고 큰 멧돼지까지 잡을 수 있다.

함정은 덫에서 조금 떨어진 지점에 파기로 했다. 항상 같은 길로만 다니는 동물들의 습성을 염두에 둔 작전이었다. 노빈손의 생각대로 토끼가 늘 똑같은 산책로를 애용한다면 녀석은 잇따라 두 개의 관문을 통과해야만 무사히 귀가할 수 있는 것이다.

처음엔 토끼 한두 마리가 빠질 정도의 작

사냥용 함정

은 함정을 팔 계획이었지만 일단 작전을
개시하고 나니 생각이 달라졌다. 기왕이면
큰 함정을 파야 다른 동물들도 덩달아 빠
질 게 아닌가. 사슴, 멧돼지, 아니면 하다
못해 늙은 당나귀라도.

"사슴이 빠지면 녹용을 달여 먹고, 멧돼
지가 빠지면 바비큐를 해 먹고, 당나귀가
빠지면 잘 길들여서 타고 다녀야지. 로시
난테 타고 다니던 돈키호테처럼."

돈키호테의 애마, 로시난테
돈키호테는 스페인의 작가 세르
반테스가 1605년에 발표한 풍자
소설 『돈키호테』의 주인공. 매일
기사도에 대한 책만 보다가 정신
이 약간 이상해진 한 시골 사람이
자기의 이름을 '돈키호테 데 라
만차'라고 지은 다음 갑옷을 입고
모험길에 오른다. 로시난테는 돈
키호테가 타고 다니던 앙상하고
늙은 말의 이름이다.

노빈손은 코끼리라도 빠질 것 같은 큼직한 구덩이를 판 다음 얇은 나뭇가지를 얼기설기 걸쳐 놓고 풀과 나뭇잎으로 덮었다. 그리고 조금 떨어진 곳에서 흙을 가져와 그 위에 골고루 뿌렸다. 함정을 감쪽같이 위장한 것이다. 그 전에 함정 밑바닥에 뾰족한 대나무창을 꽂아 놓을까 하다가 그건 너무 잔인한 것 같아 그만두기로 했다.

'여긴 무인도지 전쟁터가 아니잖아?'

마침내 만반의 준비가 끝났다.

'내일부터 매일 아침저녁으로 올무와 함정을 확인하러 와야겠군.'

지글거리는 고기 요리를 떠올리며 군침을 삼키던 노빈손이 문득 걱정스레 중얼거렸다.

"토끼랑 사자가 같이 빠지면 어떡하지? 그럼 사자가 아까운 토끼를 먹어 버릴 거 아냐."

 ## 갯벌, 노빈손의 보물창고

바닷가의 너른 갯벌은 노빈손에게는 둘도 없는 보물창고였다. 거기엔 헤아릴 수 없을 정도로 다양한 생물들이 나름의 질서를 지닌 채 살아가고 있었다. 노빈손은 매일 썰물 때마다 갯벌에 나와서 싱싱한 해산물들을 풀잎으로 엮은 망태기에 주워 담았다.

갯벌에 제일 흔한 건 조개였다. 주먹만 한 조개에서부터 새끼손

톱만 한 조개에 이르기까지 종류가 줄잡아 수십 종은 될 듯싶었다. 바지락, 대합, 백합, 피조개, 뿔조개……. 그중에는 백 년쯤 묵은 듯한 커다란 조개들도 심심치 않게 섞여 있었다.

또 하나 노빈손을 기쁘게 한 건 게였다. 갯벌에는 크고 작은 게들이 곳곳에서 떼 지어 옆걸음을 치고 있었던 것이다. 펄의 구멍 속에 숨어서 잠망경처럼 눈만 내놓고 주위를 살피다가 노빈손이 다가가면 '게눈 감추듯' 사라지는 녀석들도 있었다. 갯벌 안쪽에 서는 가끔 거인의 주먹처럼 큼지막한 꽃게들도 잡히곤 했다.

썰물 때면 미역이나 다시마 같은 해조류가 갯벌 곳곳에 널렸다. 그럴 때면 노빈손은 미역 한 오라기도 아까운 듯 남김없이 주워서 씻은 다음 햇볕에 말렸다. 바삭거리는 말린 해조는 훌륭한 영양식일 뿐만 아니라 간식거리로도 안성맞춤이었다.

"앗! 낙지다."

갯벌 위를 산책하던 물새들이 노빈손의 호들갑에 놀라 푸드득거리며 날아올랐다. 노빈손은 신기한 표정을 지으며 발밑에 놓인 의외의 수확물을 들여다보았다. 꽃게를 찾기 위해 펄 속을 뒤지다가 뜻밖에도 머리가 훌렁 벗겨진 낙지 한 마리를 발견했던 것이다.

"이상하네. 낙지는 원래 물에서만 사는

동물들은 나이를 어떻게 알까?
조개껍데기는 '동물성 나이테' 다. 성장이 활발한 시기에 형성된 껍데기층은 부드럽고 그렇지 않은 부위는 꺼칠하며, 모양도 나무의 나이테와 흡사하다. 물고기의 나이는 이석(귀뼈)에 있는 고리모양의 띠로 알 수 있는데, 수온이 높은 여름과 물이 차가운 겨울에 뼈의 조직구조가 달라지기 때문. 포유류의 이빨 단면에는 상아질과 백악질이 자라면서 생긴 성장륜이 있으며, 산양이나 소처럼 뿔이 있는 동물은 뿔의 밑동에 성장륜이 생긴다.

거 아닌가?"

물론 아니다. 낙지 중에는 바다 속에서 사는 녀석들도 있지만 이렇게 펄 속에 파묻혀서 사는 녀석들도 있다. 대표적인 것이 바로 목포의 세발낙지. 쫄깃쫄깃한 맛으로 인기가 높은 세발낙지의 고향은 남해바다가 아니라 영산강 하구의 드넓은 갯벌이다. 하기야 서울 토박이인 노빈손이 그런 걸 알 턱이 없다. 세발낙지는 세발자전거처럼 발이 세 개밖에 없다고 굳게 믿고 있는 노빈손으로서는.

사로잡힌 낙지의 동료들을 마저 소탕하기 위해 펄을 계속 뒤지던 노빈손은 이번엔 큼지막한 소라를 한 마리 발견했다.

'우아, 낙지에 소라까지? 오늘 완전히 내 생일이로구나.'

보글보글 해물탕 끓는 소리가 벌써부터 귓가에 들리는 듯했다. 한가로이 진흙 사우나를 즐기던 소라는 뭔가 위험을 느낀 듯 세모꼴의 껍데기 속으로 몸을 웅크렸지만 소용없는 일이었다.

'흐흐, 가소로운 것. 네가 아무리 숨어 봐야 소라껍데기 속이지.'

흐뭇한 마음으로 소라를 주워 담는 노빈손의 입안에 흥건하게 군침이 돌기 시작했다.

낙지의 머리는 어디에?
낙지는 재미있는 동물이다. 흔히 머리라고 부르는 둥근 부분은 머리가 아니라 몸통이며 진짜 머리는 몸통과 다리 사이에 있다. 낙지와 주꾸미와 문어는 모두 다리가 8개지만 오징어는 10개라서 족보가 다르다. '세발낙지'는 다리가 가늘어서 붙은 이름.

102

문화 생활을 위한 도구들

거처를 옮긴 이후 노빈손의 생활은 눈에 띄게 안정되어 갔다. 물고기와 채소와 각종 해산물 덕분에 일단 식량 걱정이 없어졌고, 오두막을 지은 뒤부터는 밤에 잠을 푹 자는 것도 가능해졌다. 어느 정도 마음의 여유를 찾은 노빈손은 좀 더 세련된 문화 생활을 하기 위해 틈틈이 각종 생활 도구를 만들기 시작했다.

제일 아쉬운 건 그릇이었다. 조개나 물고기만 잡아먹을 때는 그냥 불 위에 굽는 것으로 충분했지만 식량의 양과 종류가 늘어나자 조리용 그릇이 없는 게 여간 불편하지 않았다. 게다가 식량을 저장해 두려면 소쿠리나 항아리도 여러 개씩 만들어야 했다.

노빈손은 틈나는 대로 갯벌의 개흙을 빚어서 그릇을 만들었다. 하지만 햇볕에 말린 토기는 불 위에 올려 놓으면 금이 가거나 갈라져 버리기 때문에 채소나 말린 생선을 담아 둘 수는 있어도 조리용으로는 적당하지 않았다.

"토기를 불에 구우면 좀 단단해지지 않을까?"

하지만 가마나 풍로가 없는 무인도에서는 그릇을 구워 낼 마땅한 수단이 없었다. 궁여지책으로 땅에 구덩이를 파고 불을 피

토기의 역사

간단한 토기는 구석기 유적에서도 더러 발견되지만 엄밀한 의미에서의 토기가 제작되기 시작한건 신석기시대의 일이다. 역사상 가장 오래된 토기는 일본에서 발견된 '조몬 토기'이며 측정 연대는 약 1만 2천 년 전. 구석기시대와 신석기시대를 가르는 중요한 기준 중 하나인 토기문화는 신석기시대의 대표적 토기인 빗살무늬토기(즐문토기)를 거쳐 청동기시대의 민무늬토기(무문토기)로 이어진다.

운 다음 그 속에서 그릇을 구워 보았지만 그릇은 채 구워지기도 전에 번번이 갈라져 버리곤 했다.

토기는 무작정 불에 굽는다고 만들어지는 게 아니다. 일단 지름 0.01mm 이하의 고운 점토로 모양을 빚어 그늘에서 건조시킨 다음 불의 온도를 점점 높여 가며 구워야 한다. 그리고 유약을 발라 건조시킨 뒤에 다시 불에 구워 내야 한다. 유약이 없을 경우엔 소나무나 지푸라기 재를 녹인 물을 유약 대신 묻혀도 된다. 하지만 초등학교 미술시간에 찰흙 두어 번 주물러 본 경험밖에 없는 노빈손이 그런 비법을 알 턱이 없었다.

결국 노빈손은 그릇 굽기를 포기하고 다른 방법을 생각했다. 그가 찾아낸 새로운 재료는 대나무였다. 대나무의 좌우 마디를 남겨 둔 채 잘라내서 세로로 쪼개면 옆은 막혀 있고 속은 비어 있는 길쭉한 그릇이 된다. 대나무는 웬만큼 강한 불에 얹어도 그을음만 약간 생길 뿐 타 버리지는 않기 때문에 조갯국을 끓이거나 채소를 삶는 냄비로는 안성맞춤이었다. 다행히 숲 속에서는 팔뚝만 한 굵기의 대나무를 심심치 않게 발견할 수 있었다.

그릇 문제를 해결한 노빈손은 이번에는 석기 제작에 나섰다. 나무를 베거나 사냥을 할 때 쓸 수 있는 돌도끼와 돌칼을 만들기로 한 것이다. 지금 가지고 있는 작은 맥가이버

잘 키운 대나무 하나 열 냄비 안 부럽다!
대나무는 '뿌리줄기'라고 불리는 땅속줄기로부터 싹이 나와 자란다. 죽순 단계에서부터 이미 성숙기와 비슷한 굵기를 갖추고 있으며, 땅 위에 모습을 드러낸 후 성숙할 때까지 불과 몇 달밖에 걸리지 않는다. 꽃이 피는 간격은 보통 20년 이상. 열대뿐 아니라 온대에서도 번성하는 대나무는 다양한 건축자재로 쓰이며, 잘 드는 칼이 아니면 아예 이빨이 먹히지 않을 정도로 줄기의 섬유가 단단하다.

마디

두꺼운
대나무

자른다

공기그릇

대나무
포크

양쪽 마디를 남기고 자르면
접시나 냄비가 된다

물

불

대나무 식기

칼은 그런 용도로는 도무지 쓸모가 없는 물건이었다. 무인도에서 홀로 살아가는 스무 살 총각에게 설마하니 은장도가 필요할 일은 생기지 않을 테니까.

일단 재료로 쓸 단단한 돌이 필요했다. 부싯돌로 불을 붙이려다가 실패한 경험이 있는 노빈손은 그 실패를 거울삼아 꼼꼼하게 개울 주변을 뒤졌다. 다행히도 개울 기슭의 바위와 조약돌 틈에는 적당한 크기의 석영이 군데군데 섞여 있었다.

노빈손은 우선 돌칼을 만들 넓적한 돌과

석기는 어떤 돌로?
날카로운 석기를 만들기에 가장 적당한 돌은 흑요석이다. 흑요석은 용암이 굳어서 생긴 화성암의 일종이다. 타격을 가하면 조개껍데기 모양(패각상)으로 예리하게 쪼개지기 때문에 석기시대 때부터 칼·도끼·화살촉 등의 재료로 널리 쓰였다.

돌도끼를 만들 길쭉한 돌을 골라냈다. 그러고는 작은 돌멩이로 그 돌들을 힘껏 내리치기 시작했다. 파팟—. 돌들이 서로 부딪칠 때마다 돌가루와 함께 작은 불꽃이 튀어 올랐다.

'이거 완전히 돌로 용접하는 기분이로군.'

이마에 흐르는 땀을 닦아 내며, 노빈손이 약간 억울하다는 표정으로 중얼거렸다.

"이놈들을 진작 찾아냈다면 불 피우느라고 그렇게 고생할 필요가 없었잖아."

돌도끼를 들고 숲으로 들어선 노빈손은 진작부터 눈도장을 찍어 둔 늙은 소나무 곁으로 다가갔다. 땔감이라면 다른 나무들도 얼마든지 있는데 굳이 이 소나무를 탐내는 이유는 소나무의 밑동과 뿌리 부분에 있는 송진 때문이다. 송진이 많이 엉긴 소나무의 옹이나 뿌리, 즉 '관솔'은 예로부터 등잔불의 재료로 널리 이용되어 왔다.

노빈손은 새로 만든 돌도끼의 위력도 시험할 겸해서 힘차게 도끼를 휘둘렀다. 무인도의 숲 속에서 몇백 년을 고고하게 살았을 늙은 소나무는 어이없게도 제 나이의 몇십 분의 일밖에 안 되는 애송이에게 자기 몸의 일부를 떼어 줄 수밖에 없었다. 소나무의 옹이를 잘라내 망태기에 담으며, 노빈손은 설레는 표정으로 중얼거렸다.

"오늘부터는 은은한 등불 밑에서 분위기 있는 밤을 보낼 수 있겠구나."

오두막으로 돌아온 노빈손은 바닥에 적당한 높이의 나무를 박고 작은 접시를 붙들어 맸다. 그러고는 잘게 토막 낸 관솔을 접시에 담고 불을 붙였다. 어둑어둑하던 오두막이 금세 환하게 밝아졌고, 실내엔 향긋한 냄새가 가득 넘쳐나기 시작했다. 아직 충분히 건조되지 않은 관솔이라 연기가 많이 나긴 했지만 그런 건 아무래도 좋았다. 밤을 밝힐 등불이 있다는 것만으로도 왠지 가슴이 훈훈해진 까닭이었다.

숲 속의 한약, 송진
송진은 약으로도 널리 쓰였다. 한방에서는 송진을 '송향'이라 하여 풍이나 통증, 염증 등의 치료약으로 이용했으며 고약의 원료로도 썼다. 소나무의 약효는 송진 외에도 풍부하여 잎은 소화불량 치료제 및 강장제로, 그리고 꽃은 이질 약으로 알려져 있다. 솔잎으로 빚은 술은 풍을 몰아내고 이뇨작용을 돕는 효능이 있다고 한다.

새벽, 오늘따라 잠을 이루지 못하고 밤새 뒤척거리던 노빈손은 결국 눈을 뜨고 다시 일어나 앉았다. 일렁이는 등잔불을 따라서 제 그림자가 이리저리 흔들리고 있었다.

'어렸을 적에는 촛불을 켜고 손가락으로 그림자 장난도 참 많이 했었는데⋯⋯.'

문득 옛 기억이 떠오른 노빈손은 양쪽 엄지손가락을 걸고 손바닥을 활짝 펴서 새 그림자를 만들어 보았다. 인적 없는 무인도의 오두막 흙벽에 작은 새 한 마리가 날아올랐다. 노빈손이 손을 흔들자 새도 따라서 날갯짓을 시작했다.

'나도 저 새처럼 날개를 갖고 있다면 얼마나 좋을까. 그럼 당장에 그리운 집으로 돌아갈 수 있을 텐데⋯⋯.'

그날 노빈손은 새가 되어 하늘을 훨훨 나는 꿈을 꾸었다. 그러다가 갑자기 비명을 지르며 사지를 버둥거렸다. 말숙이를 닮은 난폭한 독수리가 뒤를 쫓아왔기 때문이었다.

고기와 가죽을 얻다

"하늘이여! 제 기도를 못 들으셨나이까. 토끼 한 마리만 보내 달라고 그렇게 기도 했거늘⋯⋯."

깃털 속의 과학
새의 비행 요령은 날갯짓과 활공이다. 날개를 밑으로 치면 날개 가장자리의 깃털들이 치켜올라가며 날개 밑의 공기를 뒤로 밀어 낸다. 그 반작용으로 몸에 추진력이 생겨 앞으로 나가게 되는 것이다. 이와 달리 활공은 글라이더처럼 바람을 타고 미끄러지듯 비행하는 것. 매, 솔개, 갈매기 등이 활공을 즐겨 이용하며 대부분의 새는 두 가지 방법을 모두 이용한다.

그렇게 기도했거늘 왜 하늘은 한 마리가 아닌 두 마리를 보낸 것일까. 새벽에 나와 보니 회색빛 토끼 한 마리가 올무에 발목이 묶인 채 우왕좌왕하고 있었고, 함정 속에는 또 다른 토끼 한 마리가 납작 엎드려 있었다.

'흐흐, 하룻밤에 두 마리라……'

노빈손의 입이 함지박만큼 길게 찢어졌다. 마치 로또 복권에 당첨된 듯한 기분이랄까.

"그런데 이놈들을 어떻게 해야 하지?"

노빈손은 고민에 잠겼다. 저 토끼들은 애완용이나 관상용이 아니라 엄연히 식용이다. 쉽게 말해서, 죽여야 한다는 뜻이다.

'하지만 저렇게 눈빛이 애처로운 토끼들을 어떻게 내 손으로……'

노빈손은 눈을 질끈 감고 고개를 흔들어 댔다. 토끼를 잡는 것과 먹는 것만 생각하고 그 중간 과정을 미처 생각하지 않았던 노빈손으로서는 참으로 난감한 문제였다.

그러나 노빈손은 이내 깨달았다. 자기는 지금 덫에 걸린 짐승을 놓아줄 만큼 여유로운 상황이 아니라는 것을. 따지고 보면 지금껏 잡아먹은 조개나 물고기나 낙지도 모두 소중한 생명이 아니었던가. 사자가 얼룩말을 잡아먹는 게 죄가 아니듯, 그가 토끼를

먹고 먹히는 먹이사슬

생물계의 먹이관계를 '먹이사슬 (먹이연쇄)'이라 한다. 녹색식물은 '생산자', 초식동물은 '1차 소비자', 1차 소비자를 잡아먹는 육식동물은 '2차 소비자', 2차 소비자를 잡아먹는 동물은 '3차 소비자'가 된다. 죽은 동식물을 분해하는 세균을 '분해자'라 하며, 분해되어 생긴 무기염류는 다시 생산자에게 흡수된다. 단위면적당 생물의 수는 생산자에서 소비자로 올라갈수록 급격히 감소하여 피라미드형을 이룬다. 먹이사슬이 입체적으로 복잡하게 얽힌 것을 '먹이그물'이라 한다.

잡아먹는 것도 몹쓸 일이라고는 할 수 없다. 돈벌이를 위한 밀렵과 달리 노빈손의 사냥은 오직 생존을 위한 것이므로.

"그래! 까짓 거 눈 딱 감고 한 대만 치는 거야."

결심을 굳힌 노빈손은 일단 크게 심호흡을 한 다음 호신용 몽둥이를 높이 치켜들었다.

노빈손은 축 늘어진 토끼의 뒷다리를 묶어서 나무에 매달았다. 그러고는 뒷다리 부분을 째고 가죽과 고기 틈새에 칼을 끼운 다음 천천히 잡아당겨 가죽을 벗겨 냈다. 토끼 가죽은 생각보다는 쉽게 몸통에서 떨어져 나왔다.

다음은 머리와 몸통을 분리할 차례였다. 몽둥이질을 할 때보다 더한 망설임이 순간적으로 일었지만 노빈손은 이번에도 눈 딱 감고 토끼의 목에 육중한 돌칼을 들이댔다.

토끼 통구이로 모처럼 기름진 음식을 먹은 노빈손은 벗겨 놓은 토끼 가죽을 이리저리 뒤집어 보았다. 가죽을 사용하려면 일단 무두질을 해서 부드럽게 만들어야 하는데 무인도에는 그럴 만한 화학 약품이 아무것도 없지 않은가.

"대체 이걸 어떻게 해야 가죽 재킷이 되지? 할 수 없지. 일단 소금물에 한번 담가

가죽 패션엔 무두질이 필수!
무두질이란 동물의 가죽에서 불필요한 성분을 제거하고 부드럽게 바꿔 사용하기 편리한 상태로 만드는 작업. 동물의 가죽은 그냥 두면 부패하기 쉽고 물에 담그면 팽창하며, 건조하면 널빤지처럼 단단해지기 때문에 무두질이 반드시 필요하다. '타닌'을 사용하는 타닌 무두질과 크롬 화합물 용액을 이용하는 크롬 무두질이 널리 쓰인다.

보자."

노빈손은 가죽 안쪽의 살과 지방질을 깨끗이 닦아 낸 다음 바닷물에 담갔다. 그렇게 하면 부드러워지지는 않더라도 최소한 썩는 건 막을 수 있으리라는 생각이었다. 그런 다음 다시 흐르는 물에 담가서 소금기를 말끔히 빼냈다. 하지만 가죽은 여전히 뻣뻣한 상태 그대로였다.

"에라 모르겠다. 못 입으면 깔고 자기라도 해야지."

노빈손은 옷 만들기를 포기하고 토끼 가죽을 침대에 깔았다.

'보는 사람도 없는 무인도에서 가죽 패션이 무슨 소용이야.'

그러다가 문득 이솝우화 생각이 났다. 포도를 따 먹으려다가 실패한 뒤에 "그까짓 신 포도 뭐하러 먹느냐"고 투덜거리던 멍청한 여우. 하지만 노빈손은 이내 고개를 저으며 단호한 목소리로 중얼거렸다.

"난 여우가 아니야. 말숙이가 맨날 나보고 늑대라고 그랬거든."

그런데 무인도에서는 정말 가죽 패션이 불가능한 것일까? 그렇지 않다. 떡갈나무 껍질을 벗겨서 물에 담그면 가죽을 부드럽게 하는 무두질용 약품으로 쓸 수 있기 때문이다. 이 물은 농도가 진할수록, 그리고 온도가 높을수록 더 효과가 있다. 열흘쯤 담가 놓은 뒤에 헹궈서 가죽 안쪽이 위로 향하게 놓고 그늘에서 말리면 훌륭한 가죽 옷감이

무두질의 변천사
무두질은 인류가 터득한 가장 오래된 기술 중 하나. 기름을 가죽에 문지르는 기름 무두질에서 출발하여 가죽을 연기에 그을리는 연기 무두질로, 그리고 식물의 침출액을 이용한 타닌 무두질에 이어 백반을 이용한 백반 무두질의 순서로 발전해 왔다. 현재 남아 있는 가장 오래된 가죽제품은 BC 4천 년경에 고대 이집트인들이 만든 것이다.

되는 것이다.

가죽으로 만든 요에 누우니 풀잎 위에 눕는 것보다 한결 아늑한 느낌이 들었다. 노빈손은 앞으로 토끼나 다른 짐승이 잡힐 때마다 가죽을 모아뒀다가 탈출할 때 반드시 갖고 가기로 했다.

'재킷뿐만 아니라 지갑이랑 벨트랑 신발까지 토털 가죽패션으로 꾸미고 다녀야지.'

문득 지난겨울에 엄마와 벌이던 입씨름이 생각났다.

"엄마, 나 무스탕 사 줘요."

"시끄러! 돈 없어."

"우쒸……. 그럼 토스카나 사 줘요."

"시끄럽다니까! 배고프면 밥 먹지 왜 그런 걸 사 먹어?"

훈제 고기를 만들다

식량이 늘어나자 효과적인 저장 수단이 필요해졌다. 무덥고 습한 바닷가에서 고기나 생선을 그냥 두면 다 먹기도 전에 모조리 상해 버리기 때문이다.

"육포랑 어포를 만드는 거야. 바짝 말리면 아무래도 덜 상하겠지?"

노빈손은 간간이 토끼가 잡히면 푹 삶은

배추를 풀 죽이는 소금

소금은 삼투압 작용에 의해 재료의 수분을 밖으로 빨아내는 성질이 있다. 배추를 소금에 절이면 풀이 죽는 것도 그 때문이다. 야채나 생선, 고기 등을 소금에 절이는 '염장법'은 이처럼 재료의 수분을 줄여 미생물의 번식을 억제함으로써 보존 기간을 늘리는 저장법이다.

다음 소금물에 절여서 햇볕에 말렸다. 생선 역시 상하기 쉬운 내장과 아가미를 꺼내고 소금물에 절인 다음 나뭇가지에 매달아 말렸다. 며칠이 지나자 노빈손의 오두막은 마치 바닷가 어촌 마을처럼 주렁주렁 매달린 생선으로 둘러싸였다.

그러나 노빈손은 이 방법이 그리 마땅치 않았다. 어포는 그런대로 먹을 만했지만 육포는 구운 고기에 비해 영 맛이 없었기 때문이다. 평소에도 가족이나 친구들과 식당에 가면 '맛난 것만 골라 먹는 녀석'이라는 눈총을 받곤 했던 노빈손에게 맛없는 음식을 먹는다는 건 굶는 것과 마찬가지로 괴로운 일이었다.

"연기! 바로 그거야."

모닥불에서 피어오르는 연기를 물끄러미 바라보던 노빈손이 갑자기 호들갑을 떨었다. 한동안 가라앉아 있던 그의 눈빛이 오랜만에 반짝거리고 있었다.

"훈제 고기를 만들자. 부드럽고 향기로운 훈제 고기를."

훌륭한 생각이었다. 연기로 그을리는 훈제 고기는 말린 고기에 비해서 훨씬 맛이 좋을 뿐 아니라 오래 보관해도 좀처럼 부패하지 않는다. 훈제할 때 연기에서 고기로 방부성분이 배어 들기 때문이다. 노빈손은 훈제 족발을 뼈째로 오도독 씹어 먹던 말숙이를 떠올리며 슬며시 입맛을 다시고는 즉시 훈제를 위한 준비에 착수했다.

말려야 오래 간다!
식품의 수분이 40% 이하가 되면 미생물의 번식이 둔화되며 10% 이하가 되면 사실상 정지한다. 고기나 생선, 야채 등을 건조시켜 보관하는 것이 효과적인 이유는 거기에 있다.

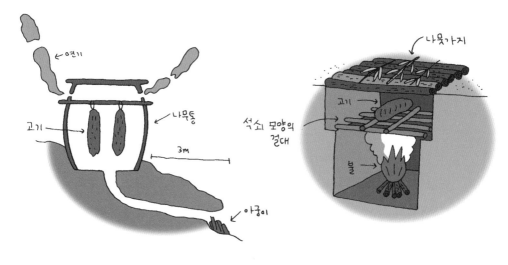

연기

나무통

고기

3m

아궁이

나뭇가지

고기

석쇠 모양의
걸대

훈제 고기 만들기

일단 깊이가 1m쯤 되는 구덩이를 팠다. 구덩이 밑에 장작으로 불을 피우고, 지면에서 70cm쯤 되는 곳에 나뭇가지들을 석쇠 모양으로 걸쳐 놓았다. 그 위에 잘게 썬 고기를 얹어 놓고 구덩이 위를 나무와 풀잎 등으로 막아서 연기가 빠져나오지 못하게 만들었다. 이제 고기가 연기에 충분히 그을려질 때까지 기다리기만 하면 되는데…….

"아차차! 또 실수했네."

갑자기 노빈손이 혀를 차며 구덩이 뚜껑을 열었다. 연기가 많이 나게 하려면 젖은 나무로 불을 피웠어야 하는데 깜박 잊고 마

훈제 치킨이 맛있는 이유

훈제의 목적은 크게 3가지. 첫째는 수분을 제거하여 건조 상태로 만드는 것이고, 둘째는 연기 속에 있는 방부 성분을 음식에 침투시켜 보존성을 높이는 것이다. 그리고 셋째는 어육류의 냄새를 연기의 향으로 제거하여 음식의 맛을 돋우는 것이다. 훈제가 일상적인 식품 저장 수단으로 활용되기 시작한 건 15세기 영국에서부터.

른 장작을 쌓았던 것이다. 지난번에 배가 나타났을 때도 그것 때문에 구조 신호를 보내는 데 실패했었는데 똑같은 실수를 되풀이한 셈이다.

노빈손은 기껏 만들어 놓은 석쇠를 다시 들어냈다. 그리고 베어낸 지 얼마 안 되는 생나무들을 한 아름 꺼내다가 불 위에 얹었다. '치지직' 하는 소리와 함께 구덩이에서 짙은 연기가 구름처럼 피어올랐다. 연기로 인해 눈이 매캐해지고 마른기침이 나기 시작했다. 구덩이를 다시 덮으며 노빈손이 한심하다는 듯 투덜거렸다.

"쯧, 머리 나쁘면 손발이 고생이지 뭐."

훈제 고기를 잔뜩 만들어서 그릇에 담아 놓고 나자 노빈손은 비로소 마음이 편안해졌다. 이 정도의 식량이면 비가 와도 당분간은 견딜 수 있을 것 같았다.

그날 밤, 노빈손은 느닷없는 빗소리에 놀라 잠에서 깨어났다. 시커먼 하늘에서 장대 같은 빗줄기가 마구 쏟아지고 있었다.

무인도에서도
편식은 금물!

모든 생물체는 외부의 물질로부터 영양을 섭취하고 몸속에서 에너지를 발생시켜 생명을 유지한다. 인간의 몸이 필요로 하는 탄수화물·단백질·지방을 '3대 영양소'라 하고 거기에 비타민과 무기질을 합쳐서 '5대 영양소'라 한다. 가장 바람직한 영양 섭취 비율은 탄수화물 55%, 단백질 15%, 지방 35%다.

손가락과 영양소의 공통점
"5개 모두 필요해!"

탄수화물은 사람에게 필요한 에너지의 대부분을 공급해 주는 열량원이며 중추신경계를 움직이게 하는 중요한 원료다. 특히 탄수화물이 분해되면서 나오는 포도당은 신경 조직의 기능 유지를 위해 반드시 필요하다.

단백질은 세포를 구성하는 기본 요소이며 생명체를 유지하는 필수 성분이다. 단백질을 뜻하는 'protein'의 어원인 그리스어 'proteios'는 '첫 번째로 중요하다'는 뜻. 근육, 장기, 피부, 모발, 손발톱의 주성분인 단백질이 인체에서 차지하는 양은 16%로 물 다음으로 많은 양이다.

지방은 1g당 열량이 9kcal로 탄수화물과 단백질의 두 배가 넘는 농축된 에너지원이다. 어떤 영양소든 필요한 양 이상으로 섭취하면 몸속에 지방

으로 저장되며(뚱보!) 반대로 활동량에 비해 열량 섭취
가 부족하면 저장된 지방이 분해되어 에너지를 낸
다(다이어트!).

비타민은 에너지는 내지 못하지만 위의 세 가지
영양소가 정상적으로 작용하는 것을 돕는다. 하
루 필요량은 20mg에 불과하지만 몸속에서는
합성되지 않으므로 식사를 통해 섭취
해야 한다. 무기질 역시 에너지원은 아
니지만 신체의 기능 조절에 반드시 필요하
며, 특히 칼슘과 인은 뼈와 이빨의 주성분이 된다.

건강한 몸짱을 위한 기초 식품들

5대 영양소 중 하나라도 부족하면 몸에 여러 가지 질병이 생긴다. 다음
은 균형 있는 영양 섭취를 위해 필요한 다섯 가지 기초 식품군이다.

제1군(단백질) : 고기, 생선, 달걀, 콩 치즈, 두부, 된장 등
제2군(칼슘) : 우유, 유제품, 멸치, 아이스크림, 새우, 요구르트 등
제3군(비타민, 무기질) : 채소, 과일, 토마토케첩 등
제4군(탄수화물) : 잡곡류, 감자, 빵, 비스킷, 미숫가루, 초콜릿 등
제5군(지방) : 유지류, 각종 동식물성 기름, 호도, 버터, 마가린, 깨소금 등

4부

우울한 시간들

비는 끊임없이 쏟아졌다. 바람이 오두막을 통째로 날려 버릴 듯 맹렬하게 불어닥쳤고, 해변에는 섬을 삼켜 버릴 것 같은 거대한 파도가 밀려왔다. 빗소리와 바람 소리 그리고 파도 소리가 한데 뒤섞여 마치 전쟁 영화의 음향 같은 섬뜩한 소음을 만들어 냈다.

노빈손은 우울한 심정으로 하릴없이 바깥을 내다보았다. 비구름으로 뒤덮인 무인도는 대낮인데도 해 질 무렵처럼 어두웠다. 오두막 바닥은 흘러들어온 흙탕물로 인해 질척거렸고 실내는 온통 눅눅한 습기로 가득 차 있었다. 불씨를 보존하기 위해 깡통에 불을 피워 놓긴 했지만 그것만으로는 사방에서 스며드는 습기를 감당할 수 없었다.

날씨와 기분은 어떤 사이?
날씨와 기분은 밀접한 관련이 있다. 눈을 통해서 뇌로 전달되는 햇빛의 양이 적어지면 기분을 좌우하는 멜라토닌 호르몬이 평소보다 많이 분비되어 우울함을 느끼게 된다. 일조량이 적은 북반구 고위도 지역에 계절성 우울증 환자가 많은 것도 그 때문이다. 계절성 우울증 환자에게 강한 빛(약 1만lux)을 눈에 집중적으로 쪼여 주는 '광선치료'를 하면 우울증이 많이 완화된다.

풍당─. 물방울 떨어지는 소리가 들렸다. 천장에서 새는 빗물이 바닥에 받쳐 놓은 물통으로 떨어지는 소리였다. 조금 전에 비운 물통은 그새 다시 빗물로 가득 차 출렁거리고 있었다.

'바닷물에 갇혀 사는 것도 지긋지긋한데 이젠 빗물까지 날 괴롭히는구나…….'

젖은 바닥으로 힘없이 내려서는 노빈손의 표정이 전에 없이 처량해졌다.

비는 노빈손의 가슴에도 내렸다. 어두운 하늘은 노빈손의 마음마저 어둡게 만들었다.

'내가 과연 여기서 탈출할 수 있을까? 혼자 발버둥을 치다가 아무도 모르게 죽어 가는 건 아닐까?'

질문의 횟수가 늘어날수록 대답은 점점 부정적으로 변했다. 퍼붓는 폭우를 자양분 삼아 가슴속에 탈출에 대한 회의가 싹트고 있었던 것이다.

어쩌면 그건 갑자기 시간이 많아졌기 때문인지도 모른다. 조난 이후 지금까지 노빈손은 생존을 위해 하루 24시간이 모자랄 정도로 바쁜 나날들을 보내느라 딴 생각에 빠질 겨를이 없었다. 그러다가 비가 내려 할 일이 없어지자 나약한 생각들이 슬금슬금 머리를 들기 시작한 것이다. 결국 조난자의 가장 큰 적은 추위나 갈증, 배고픔이 아니라 생존 의지를 갉아먹는 무료한 시간과 스트레스인 셈이다.

노빈손은 하루 종일 아무것도 하지 않은 채 멍하니 앉아서 시간을 보냈다. 끼니를 제대로 챙기지 않은 탓에 얼굴이 눈에 띄게 야위어 갔다. 바다에 갇힌 무인도, 그리고 장대비에 갇힌 오두막. 늪처럼 깊게 가라앉은 우울한 시간들이 하염없이 흘러가고 있었다.

좋은 스트레스도 있다!
스트레스는 '생활의 평형상태가 깨졌을 때 새로운 환경에 적응하기 위해 몸속에서 발생하는 다양한 생체반응'을 뜻한다. 흔히 부정적인 의미로 많이 사용하지만 승진이나 결혼 등 긍정적인 생활 변화도 스트레스를 발생시킨다. 심신의 장애를 일으키는 나쁜 스트레스와 달리 사람에게 활력을 주는 긍정적인 스트레스를 '유스트레스(eustress)'라고 한다.

공포와 함께 찾아온 절망

번쩍―.

어둡던 하늘이 순간적으로 환해졌다. 뒤이어 고막을 찢어 놓을 듯 요란한 천둥소리가 오두막을 뒤흔들었다. 얼핏 선잠이 들었던 노빈손이 기겁을 하며 몸을 일으켰다. 간담이 서늘해질 정도로 엄청난 굉음이었다.

"어디 가까운 데 벼락이 떨어진 모양이로군."

번개는 몇 초 간격으로 계속해서 이어졌다. 밤하늘이 낡은 형광등처럼 불규칙하게 깜박였고, 땅은 지진이라도 난 것처럼 흔들렸다. 진동으로 인해 물통에서 흘러넘친 빗물이 오두막의 바닥을 흥건하게 적시고 있었다.

"이러다가 오두막에 벼락이 떨어지는 거 아냐?"

갑자기 노빈손의 등골이 오싹해졌다.

벼락은 원래 주변에서 제일 높은 곳에 떨어진다. 그렇다면 이 부근에서 첫 번째 표적은 다름 아닌 오두막의 지붕이 될 것이다. 피뢰침도 없는 오두막에 만일 벼락이 떨어진다면 그 결과는 그야말로 번갯불을 보듯 뻔하지 않겠는가.

천둥소리가 점점 가까이 다가왔다. 노빈

번개의 정체

번개는 공기 중의 방전 현상이다. 전하를 띤 구름과 지면 사이에 전류가 흐르는 것이 벼락이고, 번개의 열에 의해 팽창한 공기의 진동 소리가 천둥이다. 비가 올 때 벼락이 잦은 건 높은 습도로 인해 공기의 전도성이 높아지기 때문. 번개는 태양 표면의 4배인 2만 7천°C의 열을 내며 전압은 약 10억V(볼트). 전류량은 수만A(암페어)에 이른다.

손은 밀려드는 불안감을 억지로 참으며 가만히 빛과 소리의 간격을 재 보았다. 3초, 2초, 1초……. 번개와 천둥의 간격이 거의 사라지면서 불안감은 차츰 공포로 변하기 시작했다.

'나가야 돼. 일단 밖으로 나가야 돼.'

노빈손은 쏟아지는 폭우 속으로 무작정 뛰쳐나갔다.

그러나 바깥 역시 두렵긴 마찬가지였다. 번갯불이 거대한 나무뿌리처럼 땅으로 내리박히며 무시무시한 뇌성을 연신 퍼부어 대고 있었다. 눈을 감고 귀를 틀어막았지만 빛과 천둥소리는 집요하게 노빈손의 망막과 고막으로 파고들었다. 한 번씩 번개가 칠 때마다 노빈손의 움찔거리는 어깨가 대낮처럼 환하게 드러났다.

'이렇게까지 버둥거리면서 살 필요가 있을까. 기를 쓰고 살아 봐야 어차피 무인도에서 살다가 무인도에서 죽을 텐데. 그냥 콱 벼락에 맞아 죽는 게 훨씬 속이 편할지도 몰라. 그러면 최소한 고통은 느끼지 않을 테니까……'

머리를 싸매고 엎드린 노빈손의 가슴에서 깊이를 알 수 없는 절망감이 꿈틀거렸다.

번개가 잦아든 건 그로부터 한참이 지난 뒤였다. 노빈손은 흙탕물로 범벅이 된 채 힘없이 오두막으로 돌아왔다. 비는 여전히 세차게 쏟아지고 있었다.

 불씨를 꺼뜨리다

"살아나라……. 제발 살아나라."

노빈손은 불씨를 되살리기 위해 혼신의 힘을 기울였다. 벼락을 피해 밖으로 나간 사이 깡통에 피워 놓은 불이 그만 꺼져 버렸던 것이다. 눅눅해진 땔감에서 나오는 연기를 줄이기 위해 잠자리에 들기 전에 불꽃을 낮춰 놓은 것이 화근이었다.

불씨를 잃으면 비가 그치고 해가 다시 나오기 전까지는 불을 만들 수가 없다. 물이나 식량은 미리 갖춰 놓았지만 문제는 난방이다. 비바람이 몰아치는 바닷가의 밤은 매우 춥기 때문에 불 없이는 버티기가 힘들다. 게다가 노빈손은 지금 오랫동안 비를 맞은 탓에 이가 딱딱 부딪칠 정도로 심한 오한을 느끼고 있는 중이다.

하지만 노빈손이 조바심을 내는 이유는 따로 있었다. 그에게 불씨는 곧 탈출을 향한 희망을 의미했기 때문이다. 처음에 불을 피울 때 절대 꺼트리지 않겠다고 다짐한 이후 두 달째 꺼지지 않고 이어진 불씨였다. 그를 모진 갈증과 배고픔으로부터 구해 준 불씨였다. 그리고 섬 곳곳에 구조 신호의 불길을 당겨 준 불씨였다. 그토록 소중한 불씨가 지금 눈앞에서 꺼져 버린 것이다.

"내가 잘못했어. 다시 힘을 낼게. 제발 다시 살아나 줘……."

그러나 한번 사그라진 불씨는 아무리 불어 대도 다시는 일어나지 않았다.

'꺼졌구나. 결국 꺼져 버렸어…….'

노빈손은 머리와 얼굴에 허옇게 재를 뒤집어쓴 채 멍한 표정으로 꺼진 불꽃을 쳐다보았다.

툭 ㅡ.

가슴에서 뭔가 끊어지는 소리가 들렸다. 가슴 깊숙이 박아 두었던 희망의 닻줄이 폭우에 휩쓸려 끊어지는 소리였다.

덜덜덜! 인체는 방어 중
추울 때 몸이 떨리는 것은 근육을 떨게 해서 열을 발생시켜 체온을 올리려는 인체의 방어 작용이다. 피부가 창백해지고 푸르뎅뎅해지는 것도 뇌가 피부의 열 손실을 줄이기 위해 피부의 혈관을 거의 닫아 버리기 때문. 이럴 때는 피부에서 먼 안쪽 혈관으로 피가 흐른다.

무인도의 잠 못 이루는 밤

노빈손의 몸은 급속도로 쇠약해지기 시작했다. 처음에는 입맛이 없어서 끼니를 걸렀지만 나중에는 먹으려고 해도 도무지 뱃속에서 받아들이질 않았다. 억지로 음식을 먹고 나면 예외 없이 극심한 복통과 변비가 뒤따랐다. 광대뼈가 툭 튀어나오고 얼굴이 누렇게 뜬 노빈손의 모습은 마치 기아에 허덕이는 난민처럼 애처로웠다.

두통과 함께 불면증이 찾아왔다. 한순간도 눈을 붙이지 못하고 뜬눈으로 보내는 날들이 며칠씩 이어졌다. 어쩌다가 설핏 잠이 들어도 불과 10여 분 만에 가위에 짓눌려 식은땀을 흘리며 깨어나곤 했다. 몸은 물 먹은 솜처럼 피곤한데 잠을 제대로 못 자니 그 괴로움은 이루 말할 수가 없을 정도였다.

탈진한 노빈손은 하루의 대부분을 누워서 보냈다. 현기증 때문에 몸을 가누기가 힘든 탓도 있었지만 더 큰 문제는 하고 싶은 일이 아무것도 없다는 것이었다. 지금의 노빈손에게는 건강을 회복하는 것도, 무인도를 탈출하는 것도, 심지어는 살아서 숨을 쉬는 것마저도 마냥 귀찮기만 했다. 그냥 이대로 모든 것을 끝내고 싶다는 절망적인 생각이 가뜩이나 무거운 그의 몸을 바위처럼 짓누르고 있었다.

우울증을 부르는 무기력감
행동심리학자들은 '자기 힘으로는 도저히 주변 상황을 바꿀 수 없다는 무기력감이 우울증을 부른다'고 주장한다. 이는 동물실험에서도 드러났는데, 전기충격으로 인한 무력감을 경험한 쥐는 그렇지 않은 쥐에 비해 활동력이 눈에 띄게 뚝 떨어졌으며 일부는 아예 삶을 포기하는 듯한 모습을 보였다고 한다.

쿨쿨! 잠에 대한 미니 백과

째깍째깍! 잠을 부르는 생체 시계

사람은 왜 잠을 잘까? 학자들은 낮 동안의 활동으로 인해 몸에 피로가 쌓이고 잠을 유도하는 수면 유도체(sleep inducer)가 증가하여 졸음이 온다고 설명한다. 피로와 수면 유도물질이 최고치에 이르는 시간은 밤 11시~12시쯤이다.

졸음을 부르는 또 하나의 요인은 인간 몸속의 생체 시계. 아침에 태양빛이 눈으로 들어가서 뇌의 각성중추를 자극하면 멜라토닌이라는 호르몬이 줄어들면서 잠에서 깨어난다. 반대로 밤이 되어 햇빛이 사라지면 수면중추가 자극되어 멜라토닌이 증가하면서 잠이 오기 시작한다.

선잠과 깊은 잠? 눈알에게 물어봐

수면 상태는 안구가 평소처럼 활발하게 움직이는 '렘수면(REM)'과 그렇지 않은 '비렘수면(Non-REM)'으로 나뉜다. 'REM'은 'Rapidly Eye Movement'의 줄임말로 '눈알이 핑핑 움직인다'는 뜻.

비렘수면 때는 심장의 박동과 혈압이 감소하고 호흡이 줄어들며 근육이 이완된다. 반면 렘수면 때는 혈압이 깨어 있을 때와 비슷한 상태가 되고 심장의 박동과 호흡이 불규칙해지는데, 유독 근육만은 마비에 가까울 정도로 심하게 이완된다.

비렘수면은 뇌파에 따라 4단계로 구분되며 단계가 높아질수록 깊은 잠에 빠진다. 잠이 들면 먼저 비렘수면 상태가 되었다가 차차 렘수면 상태로 바뀌게 되는데, 이같은 변화는 약 90분을 주기로 반복된다. 비렘수면의 1, 2단계는 선잠이고 3, 4단계는 깊은 잠이다. 그 뒤에 비렘수면이 서서히 렘수면으로 바뀌면서 깊은 잠에서 선잠으로 옮겨 간다. 하룻밤에 대략 네댓 번씩 깊은 잠과 선잠이 되풀이되는 것이다.

잠을 잘 자야 무럭무럭 자란다

갓난아이의 잠은 대부분 렘수면이며 생후 2~6개월이 되면 비로소 비렘수면이 시작된다. 흥미로운 것은 가장 깊은 잠이 드는 비렘수면의 4단계에서 성장호르몬이 가장 많이 분비된다는 점. '잠 잘 자는 아이가 잘 큰다'는 옛말에는 나름의 근거가 있었던 셈이다.

이와 달리 60대가 되면 비렘수면 시간이 점점 줄어들어 깊은 잠을 못

자고 대신 낮잠을 자주 잔다. 흔히 '나이가 들면 잠이 줄어든다'고 하는 이유는 밤에 잠을 설치는 경우가 많기 때문이다.

꿈과 가위 – 풀리지 않은 수수께끼

꿈은 대부분 렘수면 상태에서 꾸는 것으로 알려져 있다. 일부 학자들은 렘수면 때 눈알이 활발히 움직이는 이유가 꿈에 나타나는 영상을 쫓아다니기 때문이라고 주장한다. 그런가 하면 렘수면이 뇌를 재정비해 불필요한 정보를 제거함으로써 다음 날의 인식 능력을 향상시킨다는 이론도 있다. 꿈의 실체와 렘수면의 정확한 기능은 아직까지는 명확히 밝혀지지 않은 상태다.

자다가 가끔 가위에 눌리는 이유는 뭘까. 이것 역시 분명하게 밝혀지지는 않았지만 분명한 건 가위에 눌린 상태와 렘수면 상태가 비슷하다는 점이다. 근육이 극도로 이완되고 호흡이 불규칙하고 선잠이 들어 의식이 어렴풋한 렘수면 상태에서 악몽을 꾸면 뭔가가 가슴을 짓누르고 몸이 뻣뻣하게 마비되는 듯한 느낌을 갖게 된다는 것이다.

못 자도 병, 심하게 자도 병

심리 상태가 불안하거나 스트레스가 심하면 노빈손처럼 불면증이 찾아오기 쉽다. 며칠 만에 사라지는 일시적 불면증과 달리 만성적 불면증은 심할 경우 몇 년씩 가기 때문에 반드시 치료가 필요하다. 통계에 의하면 매년 전체 인구의 약 10%가 만성적 불면증에 걸린다고 한다.

이와 반대로 못 견디게 졸음이 쏟아지는 '기면증(수면발작)' 역시 뇌질환의 일종이다. 기면증이 심해지면 길을 걷다 말고 갑자기 잠이 들며 푹 쓰러져 버리는 위험천만한 상황이 생길 수도 있다.(팔팔하다가도 자동차만 타면 꾸벅꾸벅 조는 친구들이 더러 있는데, 그건 병이 아니라 일종의 멀미이므로 너무 걱정하지 않아도 된다.)

 아아! 눈이 안 보인다

"으음……."

가느다란 신음을 내뱉으며 몸을 뒤척이던 노빈손이 눈을 떴다. 움푹 들어간 두 눈에 시뻘겋게 핏발이 올라 있었다. 마치 잘못 나온 사진 속의 빨간 눈처럼.

'오늘도 잠을 제대로 못 잤구나…….'

한숨을 내쉬던 노빈손은 문득 주위가 이상할 정도로 조용하다는 사실을 깨달았다. 보름 가까이 줄곧 들려오던 빗소리가 전혀 들리지 않았던 것이다.

"비가 그친 걸까?"

노빈손은 힘겹게 몸을 일으켜 창밖을 내다보았다. 햇빛! 실로 오랜만에 따사로운 햇살이 창으로 스며들고 있었다. 어제까지 거칠게 출렁이던 바다는 마치 언제 그랬느냐는 듯 잠잠했다. 평온한 수평선 위로 투명한 에메랄드빛 하늘이 보였다. 길고 지루했던 무인도의 장마가 마침내 끝난 것이다. 그런데…….

"이상하다……."

노빈손이 갑자기 의아한 표정을 지으며 눈을 비벼 댔다. 왠지 시야가 좁아진 듯한

사진 속의 빨간 눈동자
피로할 때 눈이 충혈되는 것은 눈의 근육과 신경이 피로를 느껴 결막이 붓고 혈액량이 증가하기 때문이다. 사진에서 눈이 빨갛게 나오는 '적목현상'은 눈에서 반사된 플래시 빛이 다시 카메라 렌즈로 되돌아갈 때 생긴다. 반사된 빛은 눈 속의 혈관 때문에 붉은빛을 띠고, 따라서 사진 속의 눈동자도 빨갛게 나오는 것. 적목현상은 눈이 파란 서양인에게서도 똑같이 나타난다.

느낌이 들었기 때문이다. 처음엔 갑자기 햇빛을 받아서 그런가 보다 했지만 몇 번씩 눈을 비비고 다시 부릅떠도 바다가 예전보다 좁아 보이기는 마찬가지였다.

"왜 이러지? 잠을 못 자서 그런가?"

노빈손은 고개를 갸웃거리며 시험 삼아 왼쪽 눈을 감아 보았다. 오른쪽 눈으로만 바라본 세상은 조금 전과 전혀 다르지 않았다. 그렇다면? 노빈손은 설마 하는 심정으로 이번에는 오른쪽 눈을 감았다.

'보이겠지. 당연히 보일 거야……'

그러나 보이는 건 아무것도 없었다. 왼쪽 눈으로 바라본 세상은 마치 지옥처럼 완벽한 암흑이었던 것이다. 오, 하느님! 노빈손은 철렁함을 느끼며 눈을 질끈 감아 버렸다.

"눈이 안 보이다니! 멀쩡하던 내 눈이 하루아침에 안 보이다니……. 아니야. 이건 아니야. 분명히 뭔가 잘못된 거야!"

노빈손은 이를 악물었다. 그러고는 엄지와 집게손가락으로 천천히 왼쪽 눈을 벌려 보았다.

'지옥이라도 좋다. 악마의 형상이라도 좋다. 뭐든 좋으니 제발 보여 다오……'

하지만 망막에 깃든 건 여전히 캄캄한 암흑이었다. 슬프게도 그의 눈은 이미 어둠 외에는 아무것도 응시할 수 없는 상태가 되어 있었던 것이다.

눈길이 닿는 범위는?
시야는 눈동자를 움직이지 않은 상태에서 볼 수 있는 범위를 뜻한다. 시야의 넓이는 각도로 나타내며 정상인의 경우엔 좌우 모두 위쪽 60°, 아래쪽 70°, 안쪽 60°, 바깥쪽 100°쯤 된다. 두 눈의 시야를 합친 것을 '양안시야'라고 한다.

"안 보여……. 아무것도."

넋 나간 사람처럼 중얼거리던 노빈손의 손이 힘없이 아래로 툭 떨어졌다. 오른쪽 눈으로만 보이는 세상이 뿌옇게 흐려지기 시작했다. 보이지 않는 왼쪽 눈에서도 눈물만은 전과 다름없이 뜨겁게 쏟아지고 있었다.

"그럴 리가 없어. 내 눈은 멀쩡해!"

노빈손은 눈물을 흩뿌리며 자리에서 일어섰다.

"몸이 쇠약해져서 그런 것뿐이야. 밥을 먹으면 괜찮아질 거야. 아니지, 물만 마셔도 다시 보일 거야……."

그는 필사적으로 소리치며 침상 머리맡에 놓여 있는 물컵을 집어 들었다. 그런데 이번엔…….

"어?"

벌컥거리며 물을 들이켜던 노빈손의 손이 허공에서 멎었다. 목구멍에 뭔가 걸려 있는 듯한 답답함이 느껴졌기 때문이다. 쿵쿵거리며 헛기침을 해 봤지만 불편함은 전혀 가시지 않았다. 마치 커다랗고 둥근 고깃덩어리가 식도를 꽉 막고 있는 느낌이었다.

"말이 안 되잖아. 먹은 것도 없는데……."

노빈손은 손가락으로 가만히 목을 더듬어 보았다. 하지만 목 속의 묵직한 느낌과

눈물의 역할

눈물은 눈꺼풀 뒤쪽의 눈물샘(누선)에서 나오는 분비액이다. 각막과 결막을 항상 적셔서 이물질을 씻어 내고 각막 상피(겉부분)에 포도당과 산소를 공급하여 이산화탄소 등의 노폐물을 받아 낸다. 하루 분비량은 1~1.2m0이며 여성이 남성보다, 그리고 젊은이가 노인보다 많다. 생후 3개월 이내의 갓난아이는 울어도 눈물이 나오지 않는다.

는 달리 손끝에는 아무런 감촉도 느껴지지 않았다. 정체를 알 수 없는 혹덩어리는 그새 덩치가 커졌는지 이젠 숨 쉴 때마다 답답함을 느낄 지경이었다.

"이게 대체 뭐야. 암인가? 무인도에 와서 눈이 멀더니 이젠 아예 몸속에 혹덩어리까지 생겼단 말이지⋯⋯."

노빈손은 현기증을 느끼며 아직 채 마르지도 않은 바닥에 주저앉았다. 하나뿐인 시선을 허공에 매단 채 멍하니 앉아 있던 노빈손의 표정에 문득 절망스러운 웃음이 피어올랐다.

'암이면 어떻고 아니면 어때. 어차피 오래 버티지도 못할 텐데……'

웃는 건지 우는 건지 모를 표정으로 히죽거리던 노빈손의 의식이 조금씩 희미해지기 시작했다.

 ## 일어나라 빈손아

"일어나라, 빈손아……."

누굴까, 꿈결처럼 아득하게 들려오는 이 목소리는? 잘못 들었겠지. 바람이었을 거야. 무인도에서 날 이렇게 다정하게 불러 줄 사람이 있을 리가 없지.

"일어나라, 빈손아……."

앗! 이 목소리는? 틀림없어. 이건 분명히 엄마의 목소리야. 노빈손은 눈을 뜨려고 애를 썼다. 그렇지만 쇳덩어리를 매달아 놓은 듯 무거운 눈꺼풀은 아무리 애를 써도 좀처럼 떠지지 않았다.

눈을 뜨자. 눈을 떠야 돼. 그래야 그리운 엄마를 만날 수 있어…….

"일어나라, 빈손아……."

스트레스가 빚은 가짜 혹
스트레스가 심할 때 목에 뭔가 걸린 듯한 느낌이 드는 것을 '히스테리구'라고 한다. 말 그대로 '정신적 문제에 의한 공(球)'이기 때문에 내시경 검사를 해도 아무 이상이 발견되지 않는다. 음식을 삼키는 데는 지장이 없지만 환자는 실제 종양이 생긴 것처럼 답답함과 괴로움을 느끼게 된다.

번쩍! 눈이 뜨였다. 누군가의 모습이 안개처럼 희미하게 눈에 들어왔다. 꾸불꾸불한 '아줌마 파마', 동글동글한 얼굴, 그리고 알록달록한 월남치마! 엄마였다. 꿈에도 그리던 엄마의 모습이었다. 노빈손은 쓰린 눈을 비비며 목멘 소리로 중얼거렸다.

"엄마…… . 엄마가 어떻게 여길?"

순간, 노빈손의 귓가에 천둥치는 소리가 들렸다.

"이 녀석아! 퍼뜩 안 인나? 세 번이나 말했잖아."

벌써 30분째였다. 노빈손이 꾸지람을 듣기 시작한 지. 엄마는 단단히 작정을 하고 찾아오신 듯 노빈손을 보자마자 끊임없이 아들의 죄목을 들춰내기 시작했다.

"너 내가 배낭여행 나중에 가고 공부부터 하라고 그랬어, 안 그랬어?"

"그랬어요."

"배낭여행을 가더라도 그렇게 멀리 가지 말고 가까운 데로 가라고 그랬어, 안 그랬어?"

"그랬어요."

"멀리 가더라도 그날 가지 말고 손 없는 날에 가라고 그랬어, 안 그랬어?"

"그랬어요."

"그날 가더라도 첫 비행기 타지 말고 아

꿈의 정체는?
정신분석의 창시자 프로이트에 의하면 꿈은 인간의 소망을 반영한다. 과거나 현재의 간절한 소망이 무의식 속에 잠재해 있다가 꿈을 통해 드러난다는 것. 그의 제자였던 융은 꿈이 미래를 내다보는 예지능력을 종종 갖는다고 주장했다. 노빈손이 꿈에서 그리운 엄마를 만나는 건 프로이트의 설명에 가깝고, 꿈속에서 생존에 필요한 아이디어를 얻는 것은 융의 설명에 가깝다.

침밥 먹은 뒤에 천천히 출발하라고 그랬어, 안 그랬어?"

"그랬어요."

"첫 비행기 타더라도 외국 비행기 타지 말고 국내항공 이용하라고 그랬어, 안 그랬어?"

"그랬어요."

"대체 너는 누굴 닮아서 그렇게 말을 안 들어? 하나라도 엄마가 시키는 대로 했으면 이런 험한 꼴은 안 당했을 거 아냐!"

"잘못했어요."

"그뿐이면 말도 안 해. 불씨는 왜 꺼트렸어?"

"그래도 두 달 동안 안 꺼트리고 잘 보존했……."

"시끄러! 옛날 할머니들은 시집올 때 받은 불씨를 평생 지키다가 며느리한테 물려줬어. 엄마도 보일러 없던 시절에 겨울 내내 연탄 갈면서 한 번도 불 꺼트린 적 없고."

"잘못했어요."

"거기까진 다 용서한다고 치자. 결정적으로 니가 혼나야 될 일은 그다음이야. 사내자식이 아무리 힘들더라도 꿋꿋하게 구조될 때까지 버텨야지. 겨우 석 달도 못 버티고 나자빠지면 어떡해? 그러고도 노씨 가문의 장손이라고 할 수 있는 거야?"

"잘못했어요."

"에그, 한심해라. 니가 대체 잘못했다는

꿈속에서 얻은 아이디어
꿈의 예지능력에 대한 일화는 많다. 대표적인 것 중 하나가 독일의 화학자인 케쿨레의 꿈. 그는 물질 원자들이 춤을 추다가 뱀으로 변해 스스로의 꼬리를 무는 모습을 꿈에서 본 뒤 육각형 고리모양의 벤젠(C_6H_6) 구조를 발견했다고 한다.

말 빼고 잘하는 게 뭐가 있니?"

"……잘못했어요."

"다들 잘 있어요? 아버지는요?"

"이 녀석아. 물어볼 걸 물어봐야지. 너 같으면 이 판국에 잘 있
겠어?"

하긴 가족들이 잘 있을 리가 없다. 비행기가 추락하고 노빈손이
실종된 마당에 가족들이 어떻게 잘 있겠는가. 지금쯤 한국에선 다
들 그가 죽은 줄 알고 있을 텐데.

노빈손은 문득 가족들에 대한 그리움이 복받쳐 눈물이 핑 돌았
다. 그런 노빈손을 바라보는 어머니의 눈에도 짙은 안타까움이 스
치고 있었다.

"엄마, 조금만 기다리세요. 곧 돌아갈게
요."

"이 녀석아, 쓸데없는 생각 하지 말고 몸
이나 빨리 추슬러. 몸도 제대로 못 가누는
녀석이 돌아가긴 어딜 돌아간다고 그래?"

"어디긴요, 집이지."

"말은 잘한다. 이 넓은 망망대해를 니가
무슨 재주로 건너가니?"

"하지만 여기서 영원히 살 수는 없잖아
요. 내가 없으면 엄마는 어떻게 살라구요?"

꿈을 켜는 스위치, 렘온 세포
대뇌와 척추 사이의 뇌간에는 꿈
을 꾸게 만드는 '렘온 세포'와 그
냥 자게 만드는 '렘오프 세포'가
있다. 렘온 세포의 주된 기능은
'시상'을 자극하는 것. 시상은 감
각기관이 접수한 신호를 대뇌피
질로 전달하는 곳이고, 대뇌피질
은 기억·언어·시각·청각 등
정신 기능을 담당하는 곳이다. 시
상이 대뇌피질을 자극한 결과 뇌
에 저장된 정보들이 합성되어 꿈
을 꾸게 된다는 이론을 '활성-합
성 가설'이라고 한다.

"니가 정말로 엄마를 생각한다면 건강하게 잘 지내면서 차분히 구조를 기다리도록 해. 섣불리 바다로 나섰다가 괜히 무슨 일이라도 당하면 어떡하니? 엄마는 니가 위험한 행동을 하는 것보다 어디서든 몸 성하게 지내는 걸 더 바란단 말야."

"……."

"넌 다시 일어설 수 있어. 아무렴. 니가 누구 자식인데. 힘들 땐 엄마 생각하고 꾹 참아. 그럼 우린 꼭 다시 만날 수 있어."

"알았어요."

"자, 그럼 엄마는 갈게."

"엄마, 잠깐만요."

"왜? 나 바빠. 오늘은 동창회고 내일은 곗날이고 모레는 반상회야."

"저…… 말숙이는 잘 있죠?"

"엄청 잘 있지. 너 비행기 타던 그날부터 미팅하고 돌아다닌다더라."

"네에?"

말숙이가 날 두고 미팅을 하다니! 이게 웬 무인도에 배 떠나가는 소리냐. 그러나 엄마의 다음 얘기는 더욱 충격적이었다.

"요샌 찬손이라는 녀석이랑 붙어 다닌대. 이름이 빈손이랑 반대라서 마음에 들었다나?"

꿈보다 해몽
꿈을 해석하는 방식은 나라마다 다양하지만 길몽과 흉몽을 구분하는 과학적인 기준은 없다. 심리학자들은 꿈의 실제 내용보다는 긍정적 해몽이 더 중요하다고 말한다. 어떤 꿈을 꾸건 관계없이 '나름대로' 좋게 해석하면 된다는 것 나쁜 꿈을 꿨을 때 '꿈은 반대'라고 믿는 것도 그런 긍정적 해몽법의 일종이다.

으응…….

노빈손의 성긴 눈썹이 희미하게 꿈틀거렸다. 엄마는 그런 노빈손의 모습을 물끄러미 바라보다가 천천히 뒷걸음질 쳐서 안개 속으로 사라졌다. 엄마가 떨구고 간 눈물방울이 땅 위에서 이슬처럼 반짝거리고 있었다.

 ## 다시 일어선 노빈손

잠에서 깬 노빈손은 가만히 눈을 감고 꿈속의 기억을 더듬었다. 아들을 깨우던 안타까운 목소리. 한순간이라도 더 아들의 모습을 지켜보기 위해 뒷걸음질 치던 모습. 그리고 엄마의 눈물.

"엄마가 옳아. 난 일어설 수 있어. 기필코 일어서고 말 거야. 내가 누구 아들인데."

노빈손은 주먹을 굳게 쥐었다. 이제 그에게는 다시 일어서야만 하는 분명한 이유가 생긴 것이다. 자기를 기다리는 그리운 가족들을 위해, 그리고 한눈파는 말숙이를 단호히 응징하기 위해 노빈손은 구조되는 날까지 꿋꿋하게 버티기로 했다.

불을 다시 피웠다. 구조 신호의 불길을 다시 올렸다. 엉망이 된 오두막을 청소하고 개

용기와 희망은 삶의 원천!
극한 상황에서 생존 가능성을 높이는 가장 큰 힘이 '삶에 대한 강렬한 의지와 희망'이라는 것은 심리학적으로도 입증된 사실이다. 2차대전 때 필리핀 전투에서 포로가 된 미군 병사들 중 약 10%가 특별한 질병이나 부상 없이 숨을 거뒀는데, 사망 원인은 대부분 정신적 충격에 의한 우울증과 절망감으로 분석되었다.

울에 나가 맑은 물을 길었다. 그리고 묽게 음식들을 끓여서 망가진 속을 달랬다. 비록 현기증이 나고 다리가 후들거리긴 했지만 눈빛만은 예전의 반짝임을 회복하고 있었다. 그 속에 가득 담긴 장난기까지도.

구름 걷힌 무인도의 푸진 햇살을 받으며, 노빈손은 끊어졌던 희망의 닻줄을 다시 붙들어 맸다.

"하나, 둘, 셋, 넷, 후우―."

노빈손은 주먹을 풀며 길게 숨을 내쉬었다. 그러고는 다시 주먹을 불끈 쥐고 숫자를 헤아렸다.

'하나, 둘, 셋, 넷, 다섯…….'

지금 그는 근육 이완 운동을 하고 있는 중이다. 스트레스로 인해 경직된 전신의 근육을 풀어 주기 위해서다.

요령은 간단하다. 편안한 의자에 앉거나 누워서 마음을 차분히 가라앉힌다. 그리고 신체의 각 부위에 5초간 힘을 준 다음 다시 풀어 주는 일을 3회씩 반복한다. 처음엔 주먹, 다음엔 팔, 그리고 발과 다리와 등과 몸통, 맨 마지막엔 얼굴과 머리. 긴장할 때는 숨을 깊이 들이마시고 이완시킬 때는 충분히 내쉬어야 한다.

노빈손은 이 운동을 아침저녁으로 꾸준히 되풀이했다. 그리고 정신 건강을 위해 틈나는 대로 즐거운 기억들을 떠올리거나

근육이완법의 효과
근육이완법은 1938년에 미국의 생리학자 제이콥슨이 개발한 것이다. 1993년에 켄터키 대학에서 발표된 보고서에 의하면 근육이완법은 스트레스로 인한 긴장성 두통에 특히 뛰어난 효력을 발휘했으며 불면증, 고혈압, 요통, 편두통 등에도 효과가 있다고 한다.

유쾌한 상상을 했다. 가슴 설레던 말숙이와의 첫 만남. 함께 보낸 시간들, 졸업식 날 전교생 앞에서 대표로 개근상 받은 일, 대학에 합격하던 날 친구들이 쳐 주던 헹가래, 그리고 배낭여행 떠날 때의 설렘…….

이 방법은 쉽지만은 않았다. 별로 즐겁지 않은 기억들이 중간에 자꾸만 곁가지로 끼어들었기 때문이다. 말숙이한테 바람 맞은 기억이 함께 떠올랐고, 기나긴 학창시절 동안 개근상 외에는 아무 상장도 받아 보지 못했다는 깨달음이 찾아들었다. 헹가래 도중에 떨어져서 다쳤던 허리가 괜히 욱신거리는 것 같기도 했다. 무엇보다도 괴로운 건 비행기 사고 순간의 끔찍한 기억이 자꾸만 뇌리를 어지럽힌다는 것이었다.

노빈손은 그럴 때마다 도리질을 치며 쓸데없는 기억들을 머리에서 몰아냈다. 그리고 무인도에서 탈출하여 가족들과 다시 만나는 장면을 상상했다. 혹은 말숙이가 재회 기념으로 뽀뽀를 해 주는 달콤한 장면을 상상했다.

그럴 때면 노빈손의 입가에는 늘 즐거운 웃음이 떠올랐다. 가끔씩은 눈빛이 게슴츠레하게 변하기도 했다.

유일하게 상상에 실패한 것은 상을 받는 장면이었다. 대학 졸업 때 우등상을 받는 장면을 떠올리고 싶었는데, 아무리 노력을 해도 그것만은 도무지 상상이 가질 않았던 것

상상도 약이 된다!
사람의 몸은 직접적 자극이 아닌 상상에 대해서도 생리적 반응을 보인다. 가령 따뜻한 모래밭에 드러눕는 상상을 하면 실제로도 체온이 올라가고 땀이 증가한다. 유쾌한 상상을 통해 신체적·정서적 반응을 이끌어냄으로써 통증이나 우울증을 치료한 사례도 많다.

이다. 상상에 상상을 거듭하다가 결국 실패한 노빈손이 입맛을 다시며 중얼거렸다.

"하긴, 그건 상상이 아니라 망상이겠지."

상상과 더불어 노빈손이 들인 또 하나의 습관은 스스로에 대한 긍정적인 사고였다. 자기의 단점이나 실수를 생각하지 않고 오직 장점만을 생각하기로 한 것이다. 탈출할 때까지 무인도에서 굳건하게 버티려면 자기 자신을 철저히 믿고 사랑해야 한다……. 그건 노빈손이 절망의 나락을 거치면서 깨달은 소중한 교훈이기도 했다.

"난 컴퓨터 게임을 잘해. 난 달리기를 잘해. 난 밥을 잘 먹어. 난 잠도 잘 자. 그리고 내가 뭘 잘하냐 하면……."

노빈손은 열심히 자기의 장점을 떠올렸다.

'거짓말도 잘하긴 하지만 그건 장점이라고는 할 수 없고……. 뭐 또 없나?'

한참 동안 곰곰이 생각하던 노빈손이 드디어 생각났다는 듯 무릎을 치며 중얼거렸다.

"맞아! 난 방귀도 잘 뀌어."

노빈손은 차츰 생기를 되찾았다. 복통과 두통이 한결 덜해졌고 불면증도 눈에 띄게 호전되기 시작했다. 잠을 푹 자고 일어났을 때의 개운함은 노빈손의 생활에 커다란 활

생각을 바꾸면 모든 게 달라진다

우울증은 좌절이나 절망감, 비관 등에서 비롯되는 경우가 많으므로 생각을 바꾸면 당연히 상태가 좋아진다. 사고방식을 긍정적으로 바꿔 심신장애를 치료하는 것을 '인지치료법'이라고 한다.

웃으면 건강해진다

웃음은 사람의 면역체계를 튼튼
하게 만든다. 행동의학 분야의 연
구 발표에 의하면 재미있는 코미
디 프로를 볼 경우 인터페론이 증
가하고 T세포 등 바이러스에 대
항하는 면역세포들이 활성화된다
고 한다. 크게 웃고 났을 때 혈액
속의 코티솔(스트레스에 의해 생
성되는 당질의 일종)이 줄어든다
는 사실도 밝혀졌다.

력을 불어넣었다. 식욕 역시 예전처럼 왕성
해졌음은 물론이다. 배가 나올까 봐 걱정이
될 정도로.

목에서 느껴지던 답답함도 씻은 듯이 사
라졌다. 하지만 무엇보다도 기쁜 일은 잃었
던 시력을 되찾은 것이었다. 가슴에서 회의
와 절망이 사라지는 것과 동시에 왼쪽 눈에
깃들었던 어둠도 감쪽같이 사라졌던 것이

다. 양쪽 눈으로 바라본 세상이 그렇게 밝고 아름답다는 것은 예전에는 미처 몰랐던 감동적인 깨달음이었다.

저녁. 무인도의 바다 위로 붉은 해가 떨어진다. 노빈손은 노을로 물든 구름을 보며 엄마를 생각했다. 그리고 이슬처럼 빛나던 엄마의 눈물을 생각했다.

어머니의 눈물. 그것은 정녕 위대한 것이다. 단 한 방울로 희망을 싹틔워서 폭우가 길러 낸 절망을 멀찌감치 밀어냈으니. 하긴, 폭우가 아니라 지구의 바닷물을 전부 모은다 해도 어머니의 눈물한 방울보다 값질 수는 없을 거야. 노빈손 생각.

 희망과 절망의 대차대조표

"로빈슨을 흉내내려니까 영 자존심이 상하네. 그렇지만 할 건 해야지."

잘난 척하는 로빈슨의 얄미운 얼굴이 떠오르자 노빈손의 얼굴이 저절로 일그러졌다. 하지만 그의 말대로 할 건 해야 한다. 따지고 보면 모든 교육은 일단 남을 흉내내는 것에서 시작하는 법이니까.

"사실 이건 흉내가 아니라 창조적 모방

어머니의 눈물
태풍 하나가 한반도를 지나갈 때 내리는 폭우의 양은 약 50억~70억 톤. 바닷물의 총 부피는 약 13억 6,900만㎦. 그렇다면 눈물은? 눈물과 비슷한 빗방울의 지름은 평균 1mm고 제일 굵은 소낙비도 5~6mm밖에 안 된다. 하지만 그 작은 눈물의 힘은 얼마나 크고 위대한가? 숫자로는 결코 표현할 수 없는 어머니의 은혜.

이야. 요새는 작곡가들도 다른 곡들을 샘플링하고 작가들도 다른 작품들을 패러디하잖아? 그뿐인가 뭐, 사업하는 사람들도 남들 성공한 사례를 따라서 벤치마킹인가 뭔가 한다는데, 내가 로빈슨이 했던 거랑 약간 비슷한 일을 한다고 해서 누가 감히 나한테 시비를 걸겠느냐구."

대체 뭘 하려고 이렇게 거창한 독백을 줄줄이 늘어놓을까?

지금 노빈손은 무인도의 대차대조표를 만들려고 하는 중이다. 자기가 처한 상황에서 희망적인 요소와 절망적인 요소를 낱낱이 끄집어낸 다음 하나의 표로 만들어 보려는 것이다. 그건 원래 로빈슨 크루소가 무인도에 표류한 지 1년 반쯤 지났을 때 자기의 생활을 되돌아보기 위해 시도했던 방법이었다.

"나도 이제 한번쯤 지난 시간들을 돌이키고 지금의 상황을 정리해 볼 필요가 있어. 그래야 마음을 완전히 가다듬고 새로 시작할 수 있을 테니까."

노빈손은 오두막 옆의 흙바닥을 깨끗하게 쓸어낸 다음 나뭇가지를 잡았다. 땅바닥 공책과 나뭇가지 연필. 필기구는 거칠고 울퉁불퉁해도 글씨를 써 내려가는 노빈손의 마음은 잔잔한 호수처럼 매끄럽고 평온했다.

'손톱만큼의 꾸밈도 없이 지금의 내 심정을 솔직하게 써 봐야지.'

노빈손의 손이 천천히 움직이기 시작했다.

대차대조표란?
대차대조표는 기업의 재정 상태를 한눈에 알아볼 수 있도록 만든 것. 표를 좌우로 나누어 왼쪽(차변)에는 자산 상태를, 오른쪽(대변)에는 부채와 자본 상태를 기입한다. 손익계산서와 더불어 기업 재무제표의 중심을 이룬다.

절망적인 일

희망적인 일

❶ 나는 외딴 무인도에 표류했다. 세상에서 오직 나 홀로 동떨어져 원시인처럼 비참한 생활을 하고 있다. ⟹

❶ 그러나 나는 비행기에 탔던 다른 승객들처럼 생명을 잃지는 않았다. 나는 신의 보호를 받은 행운아였으며 신은 나를 죽음에서 구출했듯 이 상황에서도 구출해 줄 것이다.

❷ 나는 먹을 음식도 부족하고 안전하게 살 수 있는 집도 없다. 생명을 유지하기 위해 매일매일 힘겨운 노동을 하며 신경을 곤두세운 채 살아야 한다. ⟹

❷ 그러나 나는 다행히도 먹을 물과 음식을 구할 수 있었고 지금은 어느 정도 저장도 해 놓은 상태다. 사막이나 자갈밭에서 굶어죽는 것에 비하면 훨씬 다행스럽고 행복한 상황이다.

❸ 나는 사나운 짐승으로부터 내 몸을 지킬 힘도 없고 무기도 없다. ⟹

❸ 그러나 나는 무인도에 온 이후 아직까지 나를 해칠 만한 사나운 동물을 본 적이 없다.

❹ 나는 엄마가 보고 싶다. 엄마는 지금쯤 눈물로 날을 지새우고 있을 것이다. ⟹

❹ 그러나 나는 엄마를 꿈 속에서나마 만났다. 그리고 엄마의 격려 덕분에 절망을 극복하고 다시 일어섰다. 앞으로도 엄마는 내 정신의 든든한 버팀목이 될 것이다.

❺ 나는 말숙이가 보고 싶다. 말숙이는 날 까맣게 잊고 다른 녀석이랑 히히덕거리고 있을지도 모른다. ⟹

❺ 그러나 난 말숙이를 믿는 마음이 더 강하다. 설사 한눈을 팔았더라도 내가 다시 나타나면 돌아올 것이다. 어차피 나 말고는 말숙이의 변덕을 끝까지 견딜 사람이 없다.

❻ 나는 탈출하고 싶다. 하지만 탈출할 방법이 없고 구조될 가능성도 별로 보이지 않는다. ⟹

❻ 그러나 난 기필코 탈출할 것이다. 왜냐하면 사랑하는 가족들이 있고, 말숙이가 있고, 결정적으로 멋진 미래가 날 기다리니까.

희망과 절망의 대차대조표

노빈손의 손이 멈었다. 그는 한참 동안 물끄러미 자기가 써 내려간 글씨들을 바라보았다. 앞이 보이지 않는 고독과 절망 속에 이토록 많은 희망들이 숨쉬고 있을 줄이야……. 그는 고개를 끄덕이며 나직이 중얼거렸다.

"로빈슨의 말이 맞았어. 아무리 비참한 상황이라도 그 속에는 감사하게 생각할 만한 요소가 반드시 있는 법이라고 했지. 과연 그 말이 정답이었구나."

노빈손은 언젠가 읽었던 『로빈슨 크루소』의 내용을 새삼스레 떠올려보았다.

'그런 마음가짐이 있었으니 28년간 무인도에서 버틸 수 있었겠지. 사실 잘난 척하는 것만 빼면 여러모로 배울 점이 많은 사람인데……. 아니지. 이런 말하면 안 돼. 낮말은 새가 듣고 밤말은 쥐가 듣는다는데, 혹시라도 로빈슨이 이걸 들으면 더 기고만장할 거 아냐.'

노빈손은 행여 로빈슨이 제 중얼거림을 들었을까 봐 입을 꾹 닫았다. 그러고는 다시 한 번 발밑의 글씨들을 소리 내어 읽어 보았다.

'흑자로구나…….'

무인도에서 만든 희망과 절망의 대차대조표는 이렇듯 적자가 아닌 흑자로 끝을 맺었다. 희망이라는 이름의 넉넉한 흑자!

낮말 새, 밤말 쥐
'낮말은 새가 듣고 밤말은 쥐가 듣는다'는 속담은 매우 과학적이다. 낮에는 땅이 달궈지기 때문에 지표면의 온도가 높아 공기 밀도가 공중에 비해 상대적으로 적어진다. 음파는 공기 밀도가 낮은 곳에서 높은 쪽으로 굴절하기 때문에 낮에 말을 하면 당연히 소리가 땅에서 하늘로 퍼져 나가게 된다. 반대로 밤에는 땅이 식기 때문에 소리의 파동도 하늘로 퍼지지 않고 땅으로 깔리게 된다. 바로 그런 이유 때문에 낮말은 하늘에 있는 새가 잘 듣고 밤말은 땅에 있는 쥐가 잘 듣게 되는 것이다.

정신이 괴로우면 몸도 따라 괴로워진다

평소엔 멀쩡하다가도 시험 때만 되면 두통이나 복통에 시달리는 친구들이 있다. 약을 먹어도 낫지 않고 병원에 가도 별 이상이 없다고 말한다. 시험이 끝나면 모든 증상들이 거짓말처럼 사라지지만 다음번 시험 때면 어김없이 또 나타난다.

겉보기엔 꾀병 같지만 당사자에겐 절대로 꾀병이 아닌 고통! 이처럼 불안과 우울, 스트레스 등 심리적 요인으로 인해 생기는 증상들을 '심신장애' 라고 한다.

문제는 스트레스다

심신장애는 자율신경계와 관련되어 있다. 자율신경계는 교감신경계와 부교감신경계로 나뉘며 눈동자, 심장, 혈관, 땀샘, 위장, 호흡기, 방광 등에 영향을 끼치는 중요한 기관이다. 뇌 속의 대뇌피질에서 불안함을 느끼면 그것이 시상하부를 통해 자율신경계에 전달되고, 그 결과 자율신경계가 흐트러지면서 갖가지 신체장애가 일어나게 되는 것이다.

교감신경계가 흥분하면 혈액의 아드레날린 분비량이 늘어나고 간에서 당분 유출이 많아지면서 혈압과 맥박이 증가한다. 소화기로 가는 혈액량이 줄어들어 배가 아픈 증상이 나타난다. 두통, 불면증, 우울증이 생기는 건 물론이고 심할 경우엔 눈이 안 보이거나 손발이 마비되기도 한다. 노빈손처럼 목에 혹이 생긴 것 같은 느낌이 드는 것 역시 '히스테리구(球)'라 부르는 심신장애의 일종이다.

백약이 무효! 마음이 보약!

심신장애를 치료하는 심신의학은 아직까지는 현대의학에서 가장 뒤떨어진 분야에 속한다. 뾰족한 치료법이 없으므로 환자 스스로 마음을 잘 다스려 불안함이나 우울함을 몰아내는 것이 최선이라는 얘기다. 건강한 신체에 건전한 정신이 깃들듯, 마음이 건강해야 몸도 따라서 건강해질 수 있는 것이다.

신비의 약초, 알로에

"아얏!"

노빈손이 자지러지는 비명을 지르며 손을 움켜쥐었다. 손가락 사이로 빨간 핏방울이 뚝뚝 흘렀다. 칼로 대나무를 다듬다가 그만 손가락을 베고 만 것이다.

노빈손은 얼굴을 찌푸리며 상처를 들여다보았다. 왼쪽 검지손가락이 생선 아가미처럼 입을 벌린 채 피를 쏟아내고 있었다. 집에서라면야 소독약과 연고를 바르고 거즈를 붙이면 그만이지만 무인도에 그런 상비약이 있을 리 없다. 이제 겨우 석기 문명의 초기 수준에 도달해 있는 노빈손이 아닌가.

일단 손가락을 눌러서 지혈을 시켰다. 그러고는 웃옷의 소매 부분을 찢어서 붕대 대신 붙들어 맸다. 하지만 상처가 워낙 깊은 탓인지 피는 좀처럼 멈출 줄을 몰랐다. 손가락을 감은 헝겊이 금세 붉게 물들기 시작했다.

"야단났군. 어떻게든 피를 멎게 해야 할 텐데……"

노빈손은 난감한 표정으로 생각에 잠겼다. 어차피 약은 없으니 뭔가 다른 지혈 수단을 찾아야 한다. 석기시대 사람들은 전쟁이나 사냥에서 다치면 어떻게 치료했을

피가 붉은 이유
우리 몸속의 혈액의 양은 몸무게의 1/10 ~ 1/13. 피는 액체 성분인 혈장(55%)과 세포 성분인 혈구(45%)로 구성되며 혈구는 적혈구·백혈구·혈소판으로 나뉜다. 피가 붉은 이유는 적혈구에 들어 있는 헤모글로빈이 붉은색을 띠기 때문이다.

까? 푸닥거리를 했을까 아니면 공룡의 뼈를 갈아서 발랐을까……. 한동안 머리를 굴리던 노빈손이 고개를 번쩍 들었다. 오랜만에 구경하는 총명한 눈빛.

"약초!"

노빈손은 피를 뚝뚝 흘리며 숲 속을 돌아다녔다. 지혈제로 쓸 약초를 구하기 위해서였다. 물론 약초에 대한 전문적인 지식 같은 건 갖고 있지 않다. 그가 알고 있는 건 딱 한 가지뿐이다. 알로에가 피부의 상처에 좋다는 것. 지난여름 은행에 에어컨 쐬러 가서 잡지를 뒤적이다가 우연히 읽은 내용이었다.

다행히 그는 알로에가 어떻게 생겼는지 알고 있다. 고등학교 때 말숙이가 여드름 치료한답시고 얼굴에 알로에 잎을 덕지덕지 붙인 모습을 본 적이 있기 때문이다. 멍게 같은 여드름에 푸르스름한 알로에 잎까지 바른 모습은 실로 가관이었다.

몸에 좋은 알로에
알로에는 백합과에 속하며 원산지는 남아프리카 일대. 세균과 곰팡이에 대한 살균력이 강하고, 독소를 중화하는 알로에틴이 들어 있으며, 궤양에 좋은 알로에우르신과 항암 효과가 있는 알로미틴이 검출되었다. 그밖에도 아미노산·사포닌·항생물질·상처 치유 호르몬 등 다양한 성분이 들어 있다. '알로에(Aloe)'는 아랍어로 '맛이 쓰다'는 뜻.

'그 울퉁불퉁하던 달 표면이 매끄러운 달덩이로 바뀌다니. 말숙이는 정말 인간 승리의 표본이야…….'

피를 한 사발쯤 흘린 뒤에야 노빈손은 숲의 한쪽 구석에 있는 알로에 무리를 발견했다. 잎의 껍질을 벗겨 내자 안쪽에서 끈끈한 액체가 흘러나왔다. 말숙이의 여드름을 치료해 준 신비의 알로에 수액이었다.

"요게 과연 지혈 효과까지 갖고 있을까?"

잘게 찢은 알로에 잎을 상처 입은 손가락으로 가져가던 노빈손
이 문득 동작을 멈췄다. 엄마의 가르침이 불현듯 머리를 스쳤기 때
문이다. 어렸을 적에 노빈손이 모기에 물린 자리를 벅벅 긁으면 엄
마는 항상 이렇게 말씀하시곤 했다.

"빈손아! 긁지 말고 침 발라. 상처엔 침이 최고야. 이 녀석아, 긁
지 말라니까. 맞을래?"

알로에 수액이냐 침이냐. 잠시 고민하던 노빈손은 공평하게 두 가지를 섞어서 바르기로 했다. 그러고는 알로에 잎을 입속에 넣고 질겅질겅 씹었다.

'된장이 있었다면 아예 그것까지 한꺼번에 섞어서 발랐을 텐데……'

침과 수액이 뒤섞인 알로에 잎을 상처에 문지르자 차가운 느낌과 쓰라린 통증이 동시에 찾아왔다. 노빈손은 상처를 다시 헝겊으로 동여맨 다음 알로에 서너 포기를 뿌리째 뽑아들고 오두막으로 돌아왔다. 무인도 상비약으로 쓰기 위해서였다.

 신비의 물약, 오줌

침과 된장

침에는 세균에 대한 항균 작용이 있다. 침 속에 있는 '라이소짐'은 세균을 녹여서 파괴하는 단백질 분해효소의 일종이며 '감마글로블린'은 세균이 몸속으로 침투하는 것을 막는 항체 구실을 한다. 상처에 된장을 바르는 데는 과학적 근거가 있다. 된장에는 흐르는 피를 멎게 하고 피가 굳는 것을 막는 성분이 들어 있기 때문. 된장에 들어 있는 '바실루스균'이 특수한 단백질을 분비하여 혈전(피가 혈관 속에서 응고된 것) 덩어리를 잘게 부숴 준다.

두두두두―.

노빈손은 죽을힘을 다해 뛰고 또 뛰었다. 전설적인 육상선수 칼 루이스도 이보다 더 빠를 수는 없을 것 같다. 하긴, 제아무리 육상선수라도 지금의 노빈손처럼 다급하지는 않을 것이다. 그들 뒤에는 붕붕거리며 쫓아오는 벌 떼가 없었을 테니까.

"으아아, 사람 살려!"

노빈손의 비명 소리가 숲 속으로 울려 퍼

졌다. 꿀을 먹겠다는 욕심에 공연히 벌집을 건드린 게 화근이었다. 주변에 벌이 없기에 빈집인 줄 알았는데 그렇게 많은 벌들이 잠복하고 있었을 줄이야. 한 마리의 공격을 시작으로 수많은 벌들이 벌떼처럼 나타나 맹공을 퍼붓기 시작했던 것이다. 말 그대로 벌집을 쑤신 꼴이었다.

열댓 군데를 벌에 쏘여 가며 눈썹이 휘날리도록 달리던 노빈손의 눈에 개울이 보였다. 물이다! 노빈손은 앞뒤 가리지 않고 몸을 날려 개울 속으로 뛰어들었다. 설마 벌들이 물속까지 쫓아올 리는 없으리라는 생각이었다.

육군이던 노빈손이 해군으로 변하자 공군들은 비로소 침을 거두고 진지로 철수했다. 가쁜 숨을 몰아쉬며 물 밖으로 얼굴을 내민 노빈손. 얄팍하던 그의 입술이 어느새 둘리 친구 마이콜처럼 두툼하게 변해 있었다.

"여기도 쏘였구나. 저기도 쏘였고……. 으으, 대체 몇 군데나 쏘인 거야?"

노빈손은 신음을 흘려 가며 상처를 확인했다. 팔, 어깨, 가슴, 배꼽, 다리, 엉덩이, 심지어는 발바닥까지 어디 하나 멀쩡한 곳이 없었다. 그나마 얼굴이 무사한 게 불행 중 다행이었다. 비록 입술이 서너 배쯤 뚱뚱해지긴 했지만.

벌에게 물린 상처는 장난이 아니었다.

지혜로운 곤충, 벌
벌은 곤충 가운데 가장 큰 무리에 속하며 세계적으로 10만여 종이 알려져 있다. 특히 꿀벌과 말벌은 사회생활을 하는 걸로 유명하다. 벌들의 아파트인 6각형 벌집에 대해 다윈은 "낭비가 전혀 없는 완벽한 구조물"이라고 극찬했다. 그리스에서는 벌꿀을 '신의 식량'이라 불렀으며 로마인은 '하늘에서 내리는 이슬'로 여겼다.

동물들의 독

꿀벌의 독 성분은 멜리틴·히스타민·세로토닌·가수분해 효소 등이다. 동물들의 독은 대부분 신경을 마비시키는 성분을 갖고 있으며 벌에 쏘이면 몸속에서 알레르기 반응이 일어나 생명을 잃을 수도 있다. 뱀의 독은 벌독과 성분이 비슷하고 두꺼비의 귀샘에서는 부포톡신이라는 독액이 분비된다. 복어의 알과 내장에 있는 독은 사람에게도 치명적이다.

벌독으로 인해 몸 전체가 빨갛게 부풀어 올랐다. 쓰라림과 더불어 미칠 듯한 가려움증이 찾아들었지만 그렇다고 함부로 긁을 수도 없었다. 이 무더운 날씨에 혹시 상처가 덧나기라도 하면 그땐 정말로 대책이 없기 때문이다.

노빈손은 일단 입으로 독을 빨아낸 다음

가려움을 꾹꾹 참으며 알로에 수액을 발랐다. 하지만 알로에가 아무리 신비의 약초라 한들 벌독까지 제거할 것 같지는 않았다. 게다가 모기도 아닌 벌한테 쏘였는데 침을 발라 본들 효과가 있을 리도 없다. 벌독을 제거하려면 뭔가 새로운 영약이 있어야 한다.

"이럴 때는 암모니아가 최곤데……."

두툼한 입술을 달싹거리며 혼잣말을 하던 노빈손이 갑자기 입을 꾹 다물었다. 가만! 암모니아? 암모니아라면…….

"그거야!"

"쉬, 쉬이―."

어린아이 오줌 누일 때처럼 쉬쉬거리는 노빈손. 지금 그의 앞에는 두 개의 통이 놓여 있다. 하나는 물통, 다른 하나는 요강이다.

"제발 좀 나와라. 폭포같이 콸콸 나와라. 쉬이이―."

노빈손은 안타까운 듯 물통에 담긴 물을 벌컥벌컥 들이켰다. 그러고는 다시 요강 앞에 정중히 무릎을 꿇고 두툼한 입술을 오므렸다.

"쉬―. 나와! 그래야 바를 거 아냐."

그렇다. 노빈손은 지금 암모니아 대신 오줌을 받아서 상처에 바르려는 것이다. 이가 없으면 잇몸으로 해결한다는 무인도 생활 철학은 이 대목에서 철학의 차원을 뛰어넘어 약학으로 발전하고 있었다. 벌독

지린내 나는 묘약, 암모니아수
암모니아는 질소와 수소의 화합물. 암모니아를 물에 녹인 암모니아수는 시약으로 널리 쓰이며 국소자극제·제산제·중화제 등 의약품으로도 쓰인다. 벌레에 물렸을 때 암모니아수를 바르는 건 알칼리성인 암모니아수가 상처 부위를 중화시켜 주기 때문. 단, 눈이나 코에 닿으면 점막이 상하므로 주의해야 한다.

157

을 제거하는 신비의 생약, 오줌.

　물통 속의 물이 점점 줄어들었
다. 반대로 요강 속의 오줌은 점
점 불어났다. 투입량과 산출량이
똑같지 않은 것이 불만이긴 했지
만 그 정도면 최소한 하루 분량의 약은 될 것 같았다. 어차피 시간
이 지나면 나머지 원료들도 모두 출력될 테고.

　노빈손은 옷을 훌훌 벗어 던졌다. 그리고 솜 대신 헝겊을 말아서
요강에 담갔다. 그다지 향기롭지 않은 냄새가 코를 찔렀지만 그건
지린내가 아니라 약 냄새일 뿐이었다. 아까운 약을 한 방울이라도
흘릴세라 조심스레 헝겊을 건져 낸 다음 상처에 갖다 대며, 노빈손
은 후회스러운 표정으로 중얼거렸다.

　"이럴 줄 알았으면 미리미리 모아두는 건데."

쉬! 오줌은 왜 나오지?

오줌은 인체가 신진대사를 통해
배출하는 여러 노폐물들의 수용
액이다. 물 외에 가장 많이 섞인
성분은 질소화합물인 요소. 단백
질 분해 과정에서 만들어진 암모
니아가 간에서 요소로 전환된 다
음 신장으로 이동하고, 방광에서
희석된 상태로 저장되어 있다가
오줌으로 나오게 되는 것이다.
성인 남자가 하루에 배출하는 오
줌의 양은 약 1~2ℓ.

숲과 들판에서 자라는 녹색 의약품들

숲은 가장 오래된 약국

식물은 인류의 역사에서 가장 오래된 의약품이다. 옛날에는 몸에 이상이 생기면 그 부위와 비슷하게 생긴 식물의 잎이 치료제가 된다고 믿었다. 둥근 잎사귀는 간 질환에, 하트 모양의 잎사귀는 심장병에, 그리고 뇌수처럼 굴곡이 있는 견과류는 두통에 효험이 있다는 식이다.

세월이 흐르고 경험이 쌓이면서 실제로 약효가 있는 식물들이 알려지기 시작했으며 그중 상당수는 현대 의학의 일부가 되었다. 킨코나 나무의 껍질에서 추출하는 말라리아 치료제 '키니네'는 그 나무껍질을 삶은 물로 말라리아를 치료하던 남아메리카 원주민들 덕분에 발견되었다. 관절염 환자에게 버드나무 껍질 삶은 물을 먹이는 북아메리카의 전통 요법이 아니었다면 과학자들은 버드나무 껍질에서 아스피린의 기초인 '살리신'을 발견하지 못했을 것이다.

오늘날에도 새로운 약의 상당수는 식물을 원료로 해서 만들어진다. 과학자들은 세계의 오지에 사는 원주민들이 상처나 질병 치료에 어떤 식물을 사용하는지 관찰하고 그 성분을 분석하고 있다. 지구상에 존재하는 35만종의 식물 중 약효에 대한 실험이 이루어진 식물은 아직까지 10%에 불과하다.

노빈손표 동의보감
"우리는 허준 선생의 후예들!"

식물의 중요성은 서양의학보다 동양의학에서 훨씬 더 강조된다. 우리 조상들은 옛날부터 값비싼 한약재가 아닌 들판의 야생초들을 약품으로 활용해 왔다. 다음은 주변에서 흔히 찾아볼 수 있는 약용 식물들이다.

- 흰민들레 : 열독과 부스럼을 없앤다. 체했을 때 체기를 내리는 데도 유효하다. 독충에 물렸을 때 즙을 내서 바르면 효과가 있고, 생잎을 씹으면 위궤양이나 만성 위병에 좋다.
- 민들레 : 말렸다가 달여 먹으면 해열제가 되고 치질과 부종, 소화불량에도 잘 듣는다. 담즙의 분비를 왕성하게 하여 통변(=응가)을 잘하게 한다.
- 엉겅퀴 : 상처가 났을 때 잎을 찧어 바르면 지혈 효과가 있다.
- 쑥 : 봄에 캐서 응달에 말린 다음 달여 마시면 복통, 요통, 천식, 치질 등에 좋다. 자루에 넣어 목욕물에 담그면 허리와 무릎의 통증이나 타박상을 가라앉힌다.(쑥 사우나!)
- 백도라지 : 사포닌이 주성분이기 때문에 기침과 가래를 없애준다.
- 질경이 : 여름에 뽑아서 그늘에 잎을 말린 다음 달여 마시면 기침, 천식, 백일해, 위장병, 설사, 두통에 두루 효과가 있다.
- 미나리 : 혈압이 높거나 신열이 날 때 미나리즙을 마시면 좋다. 생즙과 끓인 물을 번갈아 마시면 황달에도 효과가 있다.

5부

어느덧 석 달이 지나고

바다는 여전히 텅 비어 있었다. 언젠가 배가 다시 지나가리라는 노빈손의 기대는 오늘도 헛되이 무너졌다. 어쩌면 지난번에 보았던 그 배는 정상적인 항로를 이탈해 있었는지도 모른다. 혹은 해적선이거나 밀수선이었는지도 모른다. 그렇다면 아무리 기다려도 배는 다시 지나가지 않을 것이다.

'배가 지나가지 않는다면 비행기에 기대를 걸 수밖에……'

하지만 비행기가 무인도 상공을 지나갈 확률은 희박했다. 배는 그나마 한 번이라도 지나갔지만 비행기는 여태 그림자도 본 적이 없지 않은가.

오두막으로 돌아온 노빈손은 한쪽 기둥에 칼로 새겨 놓은 바를 정(正)자를 헤아려 보았다. 집 짓기 전의 며칠을 포함하여 매일 한 획씩 새겨 온 그 글자는 어느덧 17개를 넘고 있었다. 한 글자가 다섯 획이니까 17개면 85일. 노빈손이 비행기 사고로 무인도에 떠내려온 지도 벌써 석 달이 가까워지고 있는 것이다.

"좀 있으면 백 일이로군. 잔치라도 해야 될라나……"

노빈손은 한숨을 내쉬며 기둥에 또 하나

로빈슨 크루소는 날짜를 어떻게 기록했을까?
일단 큰 나무에 주머니칼로 상륙 날짜를 기록한 후 매일 V자형의 눈금을 하나씩 새겼다. 7일(1주일)째 눈금은 평일보다 2배 크게, 1달째 눈금은 1주일보다 2배 크게, 그리고 1년째 눈금은 그것보다 2배 크게. 그렇게 해서 28년 2개월간 새긴 날짜 눈금은 약 10,280개, 월별 눈금은 338개, 그리고 제일 큰 눈금은 28개다.

의 획을 그었다. 무인도의 여든여섯 번째 날이 조금씩 저물어 가고
있었다.

 ## 바다 위에 뜬 신기루

쓰윽—.

노빈손은 손을 들어 간질거리는 입가를 닦았다. 그러더니 갑자
기 얼굴을 찌푸리며 눈을 번쩍 떴다. 투명하고 끈적끈적한 액체가
입 주변과 손에 흥건히 묻어 있었다.

"윽! 침까지 흘리면서 졸다니."

노빈손은 혀를 끌끌 차며 손을 들어 입가의 침을 마저 닦아 냈
다. 그리고는 손을 언덕의 모래에 대충 비벼서 닦았다. 무인도 언
덕 위에서 침을 흘리며 꾸벅거리는 꼴이라
니. 노빈손은 말숙이가 지금 제 모습을 못
보는 게 천만다행이라고 생각하며 게슴츠
레한 눈을 깜박거렸다. 한낮의 태양이 바
다와 모래를 뜨겁게 달구고 있었다.

바로 그 순간, 노빈손의 눈이 이상하게
변했다. 멀리 바다 위 허공에 뭔가 희미한
물체가 보였기 때문이다. 새도 아니고 비
행기도 아닌, 그렇다고 UFO도 아닌 정체

침이 하는 일

사람의 몸에는 큰 침샘 세 쌍이
있다. 귀밑샘, 턱밑샘, 그리고 혀
밑샘. 작은 침샘은 여러 곳에 흩
어져 있으며 전체 침샘에서 하루
에 나오는 침은 1ℓ ~1.5ℓ다. 침
은 입속을 씻어 내고, 삼키기와
말하기를 돕고, 소화효소(α-아
밀라제)로 녹말을 분해하고, 해로
운 세균을 제거한다. 침의 99%
는 수분이며 침이 끈적끈적한 것
은 '뮤신'이라는 물질이 섞여 있
기 때문이다.

불명의 물체. 한동안 그쪽을 쳐다보던 노빈손이 갑자기 벌떡 일어서며 외쳤다.

"이제 보니 저건……. 저건 배잖아!"

배라니! 어떻게 배가 공중에, 그것도 거꾸로 둥둥 떠다닐 수 있단 말인가. SF 만화에 나오는 우주 해적선이라면 또 몰라도.

노빈손은 제 눈으로 보고서도 도저히 믿기지 않는다는 듯 멍한 표정으로 허공을 응시했다. 하지만 아무리 눈을 비비고 다시 쳐다봐도 그건 분명히 뒤집힌 배였다. 그것도 해적선이나 유령선이 아닌, TV에서 흔히 보는 대형 화물선의 모습이었다.

'으으으……'

노빈손이 고개를 흔들었다.

"이게 대체 어떻게 된 조화야? 내가 잠이 덜 깼나?"

"하나, 둘, 셋…… 여덟, 아홉."

노빈손은 눈을 질끈 감고 숫자를 헤아렸다. 일단 열까지 센 다음에 다시 눈을 떠 보기로 한 것이다. 만일 자기가 헛것을 봤다면 그러는 사이에 배가 사라지리라는 생각이었다.

하지만 눈을 떠도 여전히 배가 보인다면? 그럼 대체 어떻게 되는 거야? 노빈손의 가슴에 슬며시 불안감이 찾아들었다. 안 보이면 다행이지만 계속 보인다면 그때는 세상

UFO를 아시오?

UFO는 '미확인 비행물체' 라는 뜻. 1947년에 미국의 비행사가 처음 발견한 이래 세계 곳곳에서 비슷한 사례들이 확인되었다. 외계인의 비행체, 유성이나 구름 속의 방전 현상, 구름에 비친 서치라이트 불빛, 지구 어느 나라의 비밀무기 등 여러 가지로 추측되고 있다.

이 이상해졌거나 자기가 이상해졌거나 둘 중의 하나라는 생각이 들었기 때문이다. 세상이 통째로 이상해지기보다는 자기가 이상해졌을 가능성이 아무래도 더 클 것 같았다.

"아홉 반, 거의 열…… 여얼……."

에라! 노빈손은 크게 심호흡을 한 다음 눈을 떴다. 그리고 눈에 힘을 잔뜩 준 채 배가 떠 있던 공중을 노려보았다. 이어서 안도의 중얼거림.

"그럼 그렇지. 없어졌잖아?"

텅—. 아무것도 없는 빈 허공에는 배 대신 휑한 바람만이 남아 있었다. 노빈손의 듬성듬성한 머리카락이 바람에 제멋대로 헝클어졌다.

그날 노빈손은 밤새도록 자신이 본 배의 정체를 고민했다. 유령선? 허깨비? UFO? 하지만 아무리 만화를 좋아하는 노빈손이라고 해도 그런 만화 같은 일이 현실에서 일어나리라고는 도저히 믿을 수 없었다.

'이도 저도 아니면 대체 뭐란 말이냐.'

추리에 추리를 거듭하던 노빈손의 눈빛이 반짝거린 건 거의 동이 틀 무렵이었다. 뿌옇게 밝아 오는 하늘을 바라보며 내던진 노빈손의 한 마디.

"그건 신기루였어."

머리카락 미니 백과
머리카락은 하루에 0.2~0.4mm쯤 자라며 매일 수십 올씩 빠진다. 털의 수명은 2~5년이지만 25년에 걸쳐 2m나 자라는 끈질긴 머리털도 있다. 두발 색깔이 인종에 따라 다른 건 털 속의 멜라닌 색소 양이 다르기 때문. 머리를 감았을 때 부스스해지는 건 머리카락이 물기에 의해 가로 14%, 세로 12%가량 팽창하기 때문이며 그 원리를 이용한 것이 바로 '모발습도계'다.

신기루는 알고 보면
신기하지 않다

분명히 보였는데 막상 가 보면 없는 신기루. 사막이나 바다에서 인간의 눈을 현혹하는 신기루는 빛의 굴절 때문에 생긴다. 공기의 온도 차이와 밀도 차이에 의해 빛이 굴절하면서 허공에 하나의 허상을 만들어 내는 것이다.

빛과 공기가 만들어 낸 허상

공기의 온도와 밀도는 반비례한다. 온도가 높으면 공기가 팽창하기 때문에 밀도가 낮아지고, 온도가 낮으면 공기가 수축하여 밀도가 높아진다. 공기의 밀도가 달라지는 경계면에서는 그곳을 통과하는 빛의 굴절 현상이 일어나며, 밀도 차이가 클수록 빛의 굴절도 그만큼 커지게 된다.

바다에서는 수면에 가까운 찬 공기가 높은 곳의 더운 공기에 비해 밀도가 높다. 따라서 배에서 반사된 빛이 찬 공기와 더운 공기의 경계면에서 굴절하며, 그 과정에서 '전반사'가 일어난다.

전반사란 공기 밀도가 높은 곳에서 낮은 곳을 향해 특정 각도 이상으로 나아가던 빛이 밀도가 낮은 부분으로 진입하지 못하고 완전히 반사되는 현상.

전반사된 빛이 사람의 눈에 닿으면 마치 배가 허공에 거꾸로 매달린

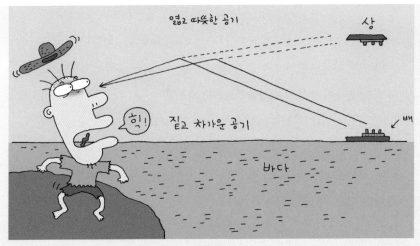

신기루의 원리

것처럼 보이게 된다. 노빈손이 본 배의 신기루도 이런 경우에 속한다.

사막에서는 이와 반대로 지면에 가까운 공기가 온도가 높다. 그래서 먼 곳의 풍경에서 반사된 빛이 지면에 닿기 전에 심하게 굴절되어 위쪽으로 휘면서 전혀 다른 곳의 땅 위에 비치게 되는 것이다. 여름에 뜨거운 아스팔트 위에 자동차나 나무의 형상이 마치 물 위에 비친 풍경처럼 나타나는 것도 마찬가지 원리다.

신기루에 얽힌 신기한 이야기들

이동하는 거대한 산맥

신기루는 늘 같은 곳에 생기는 게 아니다. 똑같은 물체로부터 생겨난 신기루도 대기의 상태에 따라 이리저리 위치가 바뀌기 때문이다.

1909년, 북극탐험가 피어리가 탐험 도중 거대한 '북극 산맥'을 발견했다고 발표하여 세상의 이목을 끌었다. 하지만 4년 뒤 미국 탐험대가 발견한 산맥의 위치는 피어리가 말한 곳에서 무려 320km나 떨어져 있었다.

피어리가 위치를 착각했던 걸까? 대원들은 당연히 그렇게 믿었다. 그러나 그들 앞에 버티고 서 있던 우람한 산맥은 해가 지자 허깨비처럼 사라져 버렸고, 대원들은 텅 빈 들판을 닭 쫓던 강아지처럼 멍하니 바라보아야 했다.

훗날 확인된 바에 따르면 피어리가 봤던 곳에도 미국 탐험대가 봤던 곳에도 산맥 따윈 존재하지 않았다. 공교롭게도 두 번 다 신기루였던 것.

나폴레옹의 영광 뒤에 숨은 이야기

1798년에 이집트에 원정한 나폴레옹의 군사들은 분명히 보이던 호수가 갑자기 없어지는 식의 기묘한 신기루를 보고 혼비백산했다. 그때 수학자인 G.몽지가 나서서 사막의 더운 공기층 때문에 일어나는 현상임을 최초로 밝혀냈다고 한다.

만일 그 수학자가 없었다면 병사들은 넋이 나가고 사기가 떨어져 전투에서 패배했을 가능성이 높고, 세계사는 크게 달라졌을 것이다. 나폴레옹의 위대한 신화를 가능케 한 과학적 지혜! 그냥 보면 신기하기 짝이 없는 신기루도 과학적 이해 앞에서는 전혀 신기하지 않은 당연한 자연현상일 뿐이다.

 수평선 너머에 분명히 뭔가 있다

아침. 노빈손은 밥 먹는 것도 잊고 언덕에 쪼그린 채 생각에 잠겼다. 그의 발치엔 손가락으로 그린 낙서 같은 그림들이 그려져 있다. 언젠가 과학만화에서 본 신기루의 원리를 기억을 더듬어서 나름대로 그려 본 것이다.

"신기루는 허상이긴 하지만 저절로 생기지는 않아. 어딘가에 배가 지나갔기 때문에 생긴 거야. 그 얘기는 결국 바다 저쪽에 배가 지나갔다는 얘긴데……."

그렇다. 노빈손은 지금 허상인 신기루에 대해 생각하는 것이 아니라 그 허상을 만들어 낸 실상에 대해 생각하고 있는 것이다.

수평선 너머로 지나가는 배는 노빈손이 있는 언덕에서는 당연히 보이지 않는다. 하지만 그 배의 신기루는 보일 수도 있다. 바다에서 생기는 신기루는 반사된 빛이 공중으로 올라가다가 굴절된 것이기 때문이다.

만일 보이지 않는 바다 너머로 배가 지나갔다면? 그것은 절반은 설레는 일이고 절반은 실망스러운 일이다. 그리 멀지 않은 곳에 배가 지나다닌다는 건 얼마나 희

빛과 시각

눈으로 사물을 보는 것은 빛의 자극 때문이다. 각막과 수정체를 통해 안구로 들어온 빛이 망막에 도착하면 시세포를 자극하여 흥분을 일으킨다. 흥분은 시신경을 통해 뇌에 전달되는데, 좌우 시신경이 뇌 앞에서 교차하기 때문에 우측 안구의 흥분은 뇌의 오른쪽에 전해지고 좌측 안구의 흥분은 뇌의 왼쪽으로 전해진다. 그 두 가지가 합쳐져서 비로소 뇌가 전체의 상을 입체적으로 인식할 수 있는 것이다.

망적인가. 하지만 노빈손이 그 배를 볼 수 없고 그 배 역시 노빈손을 볼 수 없다는 건 얼마나 절망적인가. 노빈손은 먼바다를 응시하며 나직이 중얼거렸다.

"저 수평선까지만이라도 가 볼 수 있다면 좋을 텐데……."

그날 노빈손은 하루 종일 언덕에 앉아서 신기루가 나타났던 바다를 내려다보았다. 어쩌면 이번에는 신기루가 아닌 진짜 배가 보일지도 모른다는 기대를 품고. 하지만 배는 두 번 다시 보이지 않았고, 그러는 사이에 어느덧 또 하루가 저물어 가고 있었다.

밤. 노빈손은 천천히 자리에서 일어섰다. 온종일 움직이지 않고 앉아 있었던 탓에 무릎과 발목이 심하게 시큰거렸다.

'얄미운 신기루, 차라리 보이지나 말지. 왜 보여서 이렇게 사람을 허망하게 만드는 거야…….'

꿍얼거리며 무심코 바다를 쳐다보던 노빈손의 눈동자가 어제 신기루를 발견했을 때처럼 부풀기 시작했다.

"저건 뭐지?"

그의 눈길이 머무른 곳은 수평선 위의 하늘이었다. 하늘 한 부분이 왠지 다른 곳에 비해 희뿌옇게 보이는 것 같았다. 마치 야간 경기가 열리는 야구장 위의 하늘을 멀리서 쳐다봤을 때처럼. 언덕 위에 오두막을 지은 지 두 달이 넘었지만 그런 사실을 발견한 건 오늘이 처음이었다. 날이 어둑어둑해져서

사람은 얼마나 멀리 볼 수 있을까?

인간의 시력은 환경에 따라 크게 달라진다. 현대인들의 평균 시력은 1.0 정도. 하지만 드넓은 초원에서 생활하는 몽골인들은 4.0 이상의 탁월한 시력을 갖고 있다. 태국의 '수린 군도'라는 섬에서 평생 구름과 수평선을 바라보며 살아가는 원주민 모겐족의 시력은 자그마치 9.0. 독수리와 맞먹는 엄청난 시력이다.

바다가 제대로 보이지 않을 때쯤이면 곧바로 오두막으로 돌아가곤
했기 때문이다.

"불빛일까? 아니면 그냥 구름이나 안개 같은 걸까?"

불빛 같기도 했고 아닌 것 같기도 했다. 하지만 노빈손은 그게
불빛이라고 믿고 싶었다. 만일 저게 불빛이라면 그건 둘 중의 하나
다. 수평선 너머에 사람들이 사는 땅이 있거나, 불을 켠 채 지나가
는 배가 있거나. 갑자기 노빈손의 가슴이 쿵쿵쿵쿵 방망이질을 치
기 시작했다.

'어쩌면 가까운 곳에 사람들이 있을지도 몰라……'

노빈손은 오늘도 어제처럼 뒤척이며 밤을 지샜다. 설렘 반, 그리
고 안타까움 반이었다.

아침. 노빈손은 해가 뜨자마자 부리나케 언덕으로 달려 나갔다.
신기루에 이어 발견한 희뿌연 하늘은 노빈손으로 하여금 배고픔이
나 졸음을 깡그리 잊게 만들었다. 꼬박 이틀째 먼 수평선 위에 눈
길을 붙들어 맨 채 석상처럼 버티고 있는
것이다.

하지만 바다는 여전히 조용했다. 한 시
간, 두 시간, 세 시간……. 느릿한 시간이
계속해서 흘렀고, 노빈손의 눈꺼풀도 어쩔
수 없이 조금씩 무거워지기 시작했다.

희미한 바다 위로 물새들이 날았다. 가

떠 있는 물방울, 안개

안개는 0.01mm~0.03mm 정도
의 지름을 가진 작은 물방울이 공
기 속에 낮게 떠 있는 상태를 가
리킨다. 밤이 되면 땅이 식어서
온도가 내려가기 때문에 대기 중
의 수증기가 응결되어 안개로 바
뀌게 되는 것이다.

171

끔씩 무인도 해변으로 날아왔다가 다시 수평선 너머로 사라지곤 하는 녀석들이었다.

'너희들은 좋겠구나. 바다 너머에 뭐가 있는지도 볼 수 있고. 나한테도 좀 가르쳐 주면 안 잡아먹을 텐데…….'

작아지는 새들을 향해 혼잣말을 건네던 노빈손이 문득 고개를 번쩍 들었다. 그의 눈에서 졸음기가 순식간에 사라지고 있었다.

"늘 똑같아. 새들은 왜 항상 저쪽으로만 날아가지?"

새들은 왜 날아갈까. 그야 날개가 있기 때문이다. 그런데 왜 늘 같은 쪽으로만 날아갈까. 그 길이 좋아서? 다른 길을 몰라서? 하지만 비행기도 아닌 새들에겐 탁 트인 하늘에 길이 따로 있을 리 없다. 그렇다면? 노빈손은 갑자기 자리에서 벌떡 일어섰다. 그리고 부르짖었다.

"육지가 있어! 분명히 있어!"

그것은 새로운 깨달음이었다. 새들에게도 머물러 날개를 쉴 수 있는 땅이 필요하다는 것은. 녀석들이 하루 종일 하늘에서만 맴돌 리가 없다는 것은. 그럼 결국 새들이 날아가는 저 수평선 너머에는 내려앉을 장소가 있다는 뜻이 아닌가. 육지건 섬이건, 아니면 하다못해 여기와 똑같은 무인도건, 거기엔 분명 바다가 아닌 땅이 있는 것이다.

노빈손은 이제 더 이상 의심하지 않았다.

항해사의 새
유럽인들이 신대륙을 발견하기 훨씬 전부터 항해사들은 육지를 찾기 위해 새를 이용했다. 새를 하늘에 날려서 돌아오지 않으면 육지를 찾아 내려앉았다고 판단하고 새가 날아간 쪽으로 뱃머리를 틀곤 했던 것이다. 고대 폴리네시안이 태평양의 수많은 섬에 정착할 수 있었던 것도 새를 이용한 덕분이라고 추측된다. 구약성경에 나오는 '노아의 방주' 이야기에도 물이 빠졌는지 알기 위해 새를 날려 보내는 대목이 있다.

신기루, 희뿌연 불빛 그리고 새 떼들의 이동. 그 세 가지는 너무나 도 뚜렷한 하나의 사실을 말해 주고 있다. 육지가 있다는 것! 보이 지 않는 저 수평선 너머에 사람이 살 수 있는 땅이 있다는 것! 그 건 너무나도 명백했다. 문제는 그들과 노빈손 사이에 바다가 놓여 있다는 것뿐이다.

바다가 육지라면……. 그러나 지금은 한가하게 그런 노래 가사 를 읊조리고 있을 때가 아니다. 수평선 너머에 육지가 있다면 어떤 방법을 동원해서라도 그리로 가야 한다. 걷지 못하면 날거나 헤엄 을 쳐서라도. 노빈손은 주먹을 불끈 움켜쥐었다.

"뗏목을 만들자. 그래서 바다로 나가자. 그게 유일한 길이야. 그 땅이 이리로 올 수 없다면 내가 그리로 가는 거야. 그들이 날 볼 수 없다면 내가 그들을 보러 가는 거야. 식인종이라도 좋고 외계인이 라도 좋아. 나 이외의 다른 사람들을 볼 수만 있다면……."

노빈손의 심장이 터질 것처럼 쿵쾅거렸다.

 뗏목을 만들다

뗏목을 만들기 위해서는 우선 목재를 선 택해야 했다. 마음 같아서는 굵고 단단한 통나무 뗏목을 만들고 싶었지만 노빈손에 게는 그걸 운반할 방법이 없었다. 큰 강이

깜놀! 번쩍! 두근두근!
놀랐을 때 정신이 번쩍 드는 건 뇌에서 각성반응이 일어나기 때 문. 대뇌피질의 흥분 상태가 높 아져 가슴이 뛰고 호흡이 빨라진 다. 또 혈압이 오르고 근육이 긴 장되며 급히 에너지를 공급하기 위해 혈당치도 늘어난다. 인식기 능은 높아지지만 고통에 대한 자 각은 둔해진다. 긴장한 상태에서 는 통증을 잘 못 느끼는 것도 그 때문이다.

라도 있다면 강물에 띄워서 하구까지 운반하겠지만 숲 속의 작은 개울은 그러기엔 너무 좁고 얕았다. 뗏목 대신 나뭇잎 배를 띄운다면 또 모르겠지만.

노빈손은 고민 끝에 통나무 대신 대나무 뗏목을 만들기로 했다. 언젠가 만화책에서 중국 무사들이 뗏목을 타고 큰 강을 거슬러 올라가는 장면을 본 적이 있었기 때문이다. 대나무는 얇고 가볍기 때문에 운반하기가 편하고, 덩치에 비해 단단하기 때문에 항해 도중에 파손될 염려도 없으리라는 생각이었다.

숲에는 굵고 키 큰 대나무들이 많았다. 노빈손은 그중에서도 제일 단단해 보이는 녀석들을 돌도끼로 베어 낸 다음 바닷가로 옮겼다. 뗏목의 좌우 가장자리는 짧은 대나무로 만들고 가운데 부분은 긴 대나무들을 놓아서 전체적인 모양이 유선형에 가깝도록 했다. 물살의 저항을 최대한 줄이기 위해서였다.

대충 모양을 갖춘 뒤에 질긴 덩굴을 여러 겹으로 꼬아서 나무와 나무를 튼튼하게 이었다. 배의 정중앙에는 10m쯤 되는 굵고 곧은 대나무 두 개를 세워서 돛대를 만들었다. 그리고 넓고 질긴 나뭇잎들을 엮어서 돛을 만들어 달았다. 강풍이 불면 소용이 없겠지만 어지간한 바람엔 그런대로 견딜 수 있을 듯했다.

대나무 수십 그루를 베고 나르고 엮은 끝에 드디어 널찍한 뗏목이 완성되었다. 바다

노빈손 뗏목의 모델은?
1997년 7월. 한·중 합동 탐사단이 대나무 뗏목 '동아 지중해호'를 타고 중국 주가첨도-흑산도-인천에 이르는 1,300km의 바다를 20일간 항해했다. 중국과 한반도를 잇는 고대 해상 교통로를 탐사하기 위해 제작된 이 뗏목의 길이는 12m였으며 파도의 저항을 줄이기 위해 유선형으로 만들어졌다. 대나무의 지름은 15cm 안팎, 개수는 총 56개였다.

에 띄우더라도 태풍이 불기 전에는 뒤집히거나 파손되지 않을 것 같은 튼튼한 뗏목이었다. 노빈손은 만족스러운 표정으로 손수 만든 뗏목을 바라보았다.

"이 정도면 뗏목 위에서 축구를 해도 되겠군."

하지만 뗏목이 완성되었다고 해서 곧바로 바다로 나갈 수 있는 건 아니었다. 바람이나 조류에 떠밀리면 방향을 제대로 조절할 수가 없기 때문이다. 자칫하면 섬으로 돌아오지 못하고 영영 바다 위의 미아가 될 수도 있다. 아무리 무인도가 지긋지긋하기로서니 망망대해 위의 작은 뗏목을 집으로 삼을 수는 없는 노릇이었다.

"조종간이 없으면 노라도 있어야지."

노빈손은 굵은 나무를 한 그루 베어 낸 다음 세로로 쪼개서 길고 납작한 노를 만들기 시작했다. 돌도끼와 돌칼만 가지고 노를 만드는 일은 뗏목을 엮는 것보다 훨씬 어려웠다. 며칠 동안 골머리를 싸맨 끝에 노빈손이 엉성한 두 개의 노를 완성했을 때, 주위에는 깎다가 실패한 불량 노들이 무려 열댓 개나 나뒹굴고 있었다.

마침내 항해 준비가 모두 끝났다. 이제 날씨가 좋은 날을 골라서 바다 위로 뗏목을 띄우기만 하면 된다. 물론 많은 위험이 따르긴 하겠지만 그렇다고 가만히 앉아 있을 수만은 없었다. 최소한 근처에 육지가 있는지 없는지 정도는 확인을 해 봐야 하기 때문이다.

하루에 4번씩 바뀌는 조류
조류는 밀물과 썰물에 의해 일어나는 바닷물의 흐름을 뜻한다. 방향이 늘 일정한 해류와 달리 조류의 방향과 속도는 시간에 따라 바뀐다. 조류의 방향 전환은 약 6시간 간격으로 하루에 4번 일어난다.

'이제 곧 뗏목을 타고 수평선 너머의 땅으로 간다.'

뗏목 위에 걸터앉아 밤하늘을 바라보는 노빈손의 눈이 기대와 희망으로 빛났다. 수평선을 물들인 저녁노을이 오늘따라 유난히 깨끗하게 보였다.

 ## 날씨 예측법을 배우다

"앗! 빗소리가?"

항해를 위해 배에 실을 식량과 물을 준비하던 노빈손이 갑자기 벌떡 일어나 오두막 밖으로 달려 나갔다. 아침까지만 해도 멀쩡하던 하늘에서 갑자기 굵은 빗방울이 떨어지고 있었다.

'오늘 뗏목을 띄우긴 틀렸군.'

기대에 부풀었던 노빈손이 한숨을 쉬며 중얼거렸다.

"내일 나가지, 뭐. 오늘만 날인가?"

다음 날. 비는 내리지 않았고 하늘은 맑았다. 바람 한 점 없는 무더운 날씨였다. 노빈손은 다시 한 번 준비물들을 점검한 뒤에 뗏목을 바다에 띄웠다. 공들여 만든 대나무 뗏목은 주인에게 보답이라도 하듯 매끄럽게

빗방울 1개는 구름방울 10만 개
구름은 수증기가 응결된 미세한 물방울들과 얼음의 결정(빙정)들이 대기 중에 떠 있는 것. 물방울의 지름은 0.01mm~0.07mm이며 물방울 양이 늘어날수록 구름의 색깔도 짙어진다. 빗방울의 지름은 구름방울의 100배 이상이며 1개의 빗방울은 구름방울 약 10만 개가 모여서 만들어진다. 구름의 양은 '운량'으로 표시하는데 하늘 전체가 덮여 있을 때의 운량은 10이고 전혀 구름이 없을 때의 운량은 0이다.(총 11단계). 운량이 0~1이면 쾌청, 2~8이면 맑음, 9~10이면 흐림.

바다 위를 미끄러지기 시작했다.

해안을 벗어나자 배가 조금씩 흔들렸다. 하지만 그런 건 전혀 문제가 되지 않았다. 첫 항해의 두려움보다 곧 배를 만나리라는 설렘이 훨씬 더 컸기 때문이다. 바다에 맞서는 사나이의 기개를 뽐내려는 듯, 노빈손은 굵직한 바리톤을 길게 뽑아냈다.

"두둥~실 두리둥실~ 배 떠나 가아안다~."

노빈손의 이마에 차가운 물방울이 떨어진 건 바로 그때였다. 이게 웬 물이지? 뜨악한 표정으로 하늘을 올려다보는 순간 이번에는 정확하게 콧구멍 속으로 물방울이 떨어졌다.

"에에췌!"

노빈손의 재채기에 화음이라도 맞추듯 '후두둑' 하는 소리가 들려왔다. 느닷없이 쏟아지는 바다 위의 소나기였다. 빗방울이 떨어지는 바다는 상상 외로 공포스러웠다. 갑자기 하늘이 어두워지고 파도가 뗏목을 마구 뒤흔들었다. 겁에 질린 노빈손은 팔이 빠져라 노를 저어 황급히 섬으로 되돌아왔다. 아무래도 하늘이 노빈손의 탈출을 시기하는 모양이었다.

다음다음 날. 노빈손은 개울가에서 요란하게 들려오는 개구리 소리를 들으며 잠에서 깼다.

'오늘은 기필코 바다로 나가 수평선을

자연 속 일기예보들 ❶
자연현상으로 날씨를 예측하는 방법은 어느 나라에나 있다. 오랜 경험을 통해 전해진 것이기 때문에 대부분 정확도가 높은 편이며 과학적으로 충분히 설명이 가능하다. 가장 대표적인 것이 '제비가 낮게 날면 비가 온다'는 것. 비가 오기 직전엔 공기 중의 습도가 높아지기 때문에 곤충들의 날개가 젖어 낮은 곳에서 움직이게 되고, 제비는 먹이를 찾기 위해 땅 가까운 곳에서 저공비행을 하게 되기 때문.

개구리는 기상 캐스터

개구리는 대기의 미세한 변화까지 감지하는 탁월한 예보관이다. 개구리의 피부에서는 수분이 매우 쉽게 증발되기 때문에 건조한 날에는 물 밖으로 좀처럼 나오지 않는다. 개구리가 물 밖으로 나오는 날은 습도가 높은 날이고 곧이어 비가 올 가능성이 높아진다. 아프리카 원주민들은 개구리를 보고 우기가 시작되는 것을 감지한다.

넘으리라.'

그러나 그날도 노빈손은 섬에서 겨우 몇 백 미터 나가기도 전에 비를 만나 다시 되돌아와야 했다.

"이게 대체 어떻게 된 거야? 다시 장마가 시작되는 건가?"

노빈손은 야속한 하늘을 원망하며 갯벌에 조개를 주우러 나갔다. 하지만 그날따라 갯벌에는 쓸 만한 식량이 별로 눈에 띄지 않았고, 좀처럼 볼 수 없던 해파리 몇 마리만 얕은 바다 위를 둥둥 떠다니고 있었다. 오두막으로 돌아온 노빈손은 저녁도 거른 채 일찌감치 잠자리에 누웠다. 아무래도 오늘은 일진이 나쁜 날이라고 중얼거리며.

"헤이, 빈손. 밥 먹었남?"

로빈슨이 필살기인 얄미운 미소를 지으며 다가왔다.

'요즘 통 안 나타나기에 어디 이민이라도 갔나 했더니 결국 다시 나타나셨구먼.'

노빈손은 별로 반갑지도 않은 로빈슨에게 형식적으로 고개를 까딱 숙였다. 싫더라도 예의는 지켜야 하니까.

"빈손, 내가 퀴즈 하나 낼까?"

"뭔데요?"

"비 오는 날 배 타는 멍청이를 세 글자로 뭐라고 하는지 아나?"

"?"

"모르면 가르쳐 주지. 그런 멍청이를 세 글자로 '노빈손'이라고 해. 푸하하하! 재밌지?"

'이 아저씨가 진짜……'

노빈손은 갑자기 부아가 치밀었다. 불난 집에 부채질을 해도 유분수지, 가뜩이나

해파리의 귀

해파리는 폭풍을 예고한다. 해파리는 폭풍우가 일어날 때 발생하는 초음파를 10~15시간 전에 미리 포착하고 안전한 해변으로 이동해 몸을 숨긴다. 해파리가 초음파를 감지할 수 있는 것은 귀 끝의 작은 공에 분포한 신경기관 덕분. 러시아의 생물공학자들은 해파리 귀의 작동 원리를 이용한 폭풍우 예보 장치를 만들기도 했다.

비 때문에 속상한 판에 왜 로빈슨까지 나타나서 약을 올린단 말인가. 심통이 난 노빈손이 퉁명스럽게 쏘아붙였다.

"하늘이 하는 일을 난들 어쩌란 말이에요. 무인도에 일기예보가 있는 것도 아닌데."

"일기예보가 있다 한들 멍청이가 알 수가 있나?"

으윽! 노빈손의 콧구멍이 파르르 떨렸다. 그러나 로빈슨은 상대의 노여움을 아는지 모르는지 천연덕스럽게 말을 이었다.

"새겨들어. 저녁노을이 유난히 깨끗하면 다음 날은 주룩주룩 비! 바람 한 점 없이 무더운 날엔 후두두둑 소나기! 개구리가 물가에 올라오면 우중충하고 찌뿌둥! 지난 3일간 네가 직접 보고 들은 상황들이지. 이래도 무인도에 일기예보가 없다고 빡빡 우길래?"

"……."

"하나 더 가르쳐 줄까? 아까 바닷가에서 해파리 봤지?"

"그런데요?"

"해파리가 해안 가까이 오면 그건 폭풍의 징조야. 내일 그 장난감 같은 뗏목을 바다에 띄웠다간 조만간에 축 늘어진 해파리 꼴이 된다 이거지."

"끄응……."

노빈손은 낮게 신음을 내뱉었다. 경험에 의하면 로빈슨은 비록 잘난 척은 하지만 거

자연 속 일기예보들 ❷
맑은 날엔 저녁노을이 안 나타난 다거나 바람이 없고 무더울 때 소나기가 내린다는 건 예전부터 널리 알려진 날씨 예측법이다. 그 밖에 적중률 높은 날씨 예측법으로는 이런 것들이 있다. 먼 곳의 경치가 뚜렷이 보이면 비가 온다. 연기가 북서쪽으로 휘면 비가 오고 남쪽으로 휘면 맑다. 겨울밤에 별이 밝게 보이면 다음 날은 눈보라가 친다. 귀뚜라미가 시끄럽게 울면 다음 날은 맑다. 지렁이가 땅 위로 기어나오면 비가 올 조짐이다 등등.

짓말을 하는 사람은 아니다. 그렇다면? 결국 난 바다 건너로 갈 수 없단 말인가?

　침울해진 노빈손의 얼굴을 들여다보던 로빈슨이 혀를 끌끌 차며 말했다.

　"자넨 역시 멍청해."

　"또 왜요?"

　"생각해 봐. 비 오는 날에 대한 일기예보가 있으면 당연히 비 안 오는 날에 대한 것도 있……."

　순간, 노빈손이 마치 천둥소리처럼 큰 목소리로 외쳤다.

　"가르쳐 줘요!"

　"싫어."

　"로빈슨 아저씨, 제발 가르쳐 줘요! 으아앙……."

　그러자 로빈슨이 엄청나게 고뇌하는 듯한 표정을 지었다. 그러더니 무지하게 선심 쓴다는 얼굴로 이렇게 말했다.

　"맨입으로는 안 돼."

일기예보는 어려워!
일기예보는 자연현상으로 날씨를 예측하는 '관천망 기법'에서 출발했다. 르네상스 이후 근대과학이 발달하면서 기압계·온도계·습도계 등이 만들어졌지만 넓은 지역의 날씨를 관측하여 그날그날의 일기도를 만드는 건 통신수단이 발달한 19세기 이후에야 비로소 시작되었다. 1930년대부터는 매일매일의 고층일기도가 작성되었으며 2차 대전 이후엔 컴퓨터를 통한 객관적 수치 예보가 가능해졌다.

될성부른 날씨는
구름에서 알아본다

일기예보는 TV나 라디오에서만 하는 게 아니다. 자연 현상을 눈여겨
보면 꽤 높은 확률의 일기예측이 가능하기 때문이다. 그중에서도 가장
확실한 수단은 다름 아닌 구름. 하늘에 떠 있는 구름의 높이나 모양을 보
면 다음 날의 날씨를 거의 기상청 수준으로 정확히 예측할 수 있다.

 고층운

- **권운(새털구름)** : 제일 높은 구름. 지상에서 약 12km 높이에 나타나며 빗
  으로 빗은 모양을 하고 있다. 파마머리처럼 굴곡이 많고 가늘게 주름져
  있으면 맑은 날씨를 예고하는 청권운이고, 방사상이나 띠 모양이면 곧 비
  구름인 난층운으로 변해 비를 뿌린다.

- **권층운(솜털구름, 털층구름)** : 새털구름의 아래쪽에 나타나는 구름. 흰 베일
  이 하늘을 덮은 듯한 모양을 하고 있다. 이 구름은 햇무리나 달무리를 일
  으키는데, 이는 흔히 비가 내릴 징조로 여겨진다.

- **권적운(비늘구름, 털쌘구름)** : 솜털구름의 위나 바로 밑에 나타나는 구름.
  여러 덩어리의 구름이 마치 생선의 비늘 같은 모양을 띠며 흰 조개를 깔
  아 놓은 것과도 비슷하다. 겨울 해안에 나타나면 비가 내릴 징조.

 중층운

- **고적운(높쌘구름)** : 양 떼처럼 둥글게 무리를 이루고 있으며 비늘구름보다
  몇 km 아래에 나타난다. 구름의 크기가 줄어들면 날씨가 맑아지고 커지

면 날씨가 나빠진다.

- **고층운**(높층구름) : 하늘 전체에 하얀색 차일처럼 펼쳐지는 구름. 얇을 때는 어슴푸레한 달밤 같은 현상을 일으킨다. 굵기가 두꺼워지거나 낮게 깔리면 흐리거나 비가 온다.

- **난층운**(비층구름) : 뚜렷한 윤곽 없이 하늘을 온통 뒤덮는 먹구름. 비나 눈을 몰고 다닌다.

하층운

층적운(층쌘구름) : 물결 모양으로 층층이 나타나며 구름과 구름 사이로 맑은 하늘이 보이는 게 특징. 비행기에서 보는 구름바다는 모두 이 구름이다. 낮의 뭉게구름이 해 질 녘에 층쌘구름으로 바뀌면 다음 날은 맑다. 반대일 경우엔 비가 올 징조.

층운(안개구름, 층구름) : 고도 1km 이하의 낮은 하늘에 안개가 공중에 낀 것처럼 나타나는 층구름. 아침에 생겼다가 낮에 사라지면 맑다. 하지만 이 구름이 높층구름 밑에서 산허리나 골짜기를 감싸고 있으면 비가 온다.

수직으로 솟은 구름

적운(쌘구름, 뭉게구름) : 맑은 하늘에 뜨는 뭉게구름. 저녁에 흩어져 사라지면 다음 날은 맑지만, 밤늦도록 남아 있거나 북서쪽으로 흘러갈 때는 비가 올 징조.

적란운(쌘비구름, 소나기구름) : 고도 1km에서부터 새털구름 높이까지 치솟는 엄청나게 키가 큰 구름. 굵은 빗방울의 소나기를 떨어뜨리며, 벼락을 동반하는 경우가 많다.

희망을 찾아 뗏목을 띄우다

"로빈슨의 말이 맞았어. 이렇게 날씨가 좋은 걸 보면."

노빈손은 흐뭇한 표정을 지으며 뗏목을 바다 위에 띄웠다. 그리고 힘차게 노를 저어 앞으로 나아갔다. 폭풍이 지나간 바다는 마치 거울처럼 잔잔하고 평온했다. 나뭇잎으로 만든 돛은 적당한 바람을 받아 기분 좋게 펄럭거렸다.

노빈손은 눈을 감았다. 지나간 시간들이 뇌리를 천천히 스치고 지나갔다. 맨 처음 무인도의 바닷가에서 힘겹게 눈을 떴을 때의 아득함. 단 몇 모금의 이슬로 목을 축일 때의 목마름. 불을 처음 피웠을 때의 기쁨. 오두막 속에서 첫 밤을 보낼 때의 아늑함. 그리고 폭우 속에서 만났던 절망과 엄마가 되심어 준 용기……. 그토록 힘겨웠던 순간들이 지금 이 순간만큼은 왠지 꿈결처럼 아름답게 느껴지고 있었다.

'만일 사람들을 만나서 집으로 돌아가게 된다면? 그래도 여긴 꼭 한번 다시 들러야지. 엄마랑 말숙이랑 친구들이랑. 아니지, 어쩌면 지금처럼 혼자 오는 게 좋을지도 몰라. 평생 잊을 수 없는 스무 살의 기억이 담긴 곳이니까.'

하지만 수평선 너머에 아무것도 없다

노 젓기의 과학 원리

노를 저었을 때 배가 앞으로 나가는 건 작용과 반작용의 원리 때문. 두 물체가 서로 힘을 미치고 있을 때 한쪽 물체가 받는 힘과 다른 쪽 물체가 받는 힘은 크기가 같고 방향은 반대가 된다. 노가 바닷물을 밀어내는 것이 '작용'이고, 물을 밀어낸 것과 같은 힘이 노에 작용하여 배가 앞으로 나가는 것이 '반작용'이다.

면? 그래도 노빈손은 실망하지 않을 것이다. 탈출보다 더 중요한 건 용기와 희망이라는 걸 이미 알고 있으니까. 혹시 육지를 발견하지 못하더라도 여전히 꿋꿋하게 무인도를 지키며 살아갈 테니까. 그리하여 언젠가는 저 무인도를 멋진 추억으로 떠올리며 무용담을 늘어놓게 될 테니까.

'오늘밤 난 어디에 있을까? 새로운 땅에서 사람들과 함께 있을까, 아니면 무인도로 되돌아가서 또 한 번의 외로운 밤을 보내고 있을까.'

그러나 노빈손은 머리를 흔들어 그런 생각을 몰아냈다. 외로운 밤이라니! 이제 그에게는 외로움을 느낄 한가한 밤은 없다. 오늘 육지를 발견하지 못한다면 내일은 다른 방향으로 가야 한다. 그리고 모레는 또 다른 방향으로 가 봐야 한다. 해가 짧아 멀리 갈 수 없다면 무인도 산꼭대기에 등대를 만들어서라도.

그러다 보면 신은 결국 노빈손의 편이 되어 줄 것이다. 비행기가 추락했을 때도 그에게 죽음이라는 재앙 대신 무인도라는 축복을 내린 신이 아니었던가.

'엄마, 조금만 기다려요. 지금 엄마에게 조금 더 가까이 가고 있어요. 말숙아, 기다려. 내가 가서 10분 동안 뽀뽀해 줄게.'

배가 물에 뜨는 것은 부력 때문

부력이란 물이 물체를 위로 밀어 올리는 힘. 하나의 물체에 가해지는 부력의 크기는 그 물체의 물에 잠긴 부분의 부피에 해당하는 물의 무게와 같다. 즉, 물체가 물에 잠겼을 때 넘쳐 흐르는 물의 무게와 같다. 물체의 무게(=중력)가 같더라도 부피가 크면 부력을 그만큼 많이 받게 되며, 쇠로 만든 무거운 배가 물에 뜨는 것도 그 때문이다. 물체에 작용하는 중력보다 부력이 크면 물체가 물에 뜨고, 부력보다 중력이 크면 물체가 가라앉는다. 만일 어떤 물체가 물에 반쯤 잠긴 상태에서 떠 있다면 그 상태에서 중력과 부력이 같아졌다는 뜻.

넓은 바다 한가운데서 노빈손은 뒤를 돌아보았다. 지난 100일간 절망과 좌절과 희망을 번갈아 안겨준 섬이 아스라이 멀어지고 있었다.

머리 위로 물새 몇 마리가 끼룩거리며 날아갔다.

— 『노빈손의 아마존 어드벤처』로 이어집니다.